O
SÉTIMO
PUNHAL

VICTOR GIUDICE

O SÉTIMO PUNHAL

2ª edição

JOSÉ OLYMPIO
EDITORA

© *Victor Giudice, 1995*

Reservam-se os direitos desta edição à
EDITORA JOSÉ OLYMPIO LTDA.
Rua Argentina, 171 – 1º andar – São Cristóvão
20921-380 – Rio de Janeiro, RJ – República Federativa do Brasil
Printed in Brazil / Impresso no Brasil

Atendemos pelo Reembolso Postal

ISBN 85-03-00591-3

Capa: FLORIANO DE ALMEIDA
sobre obra de TAMARA DE LEMPICKA

CIP-Brasil. Catalogação-na-fonte
Sindicato Nacional dos Editores de Livros, RJ.

G444s	Giudice, Victor, 1934-1997
	O sétimo punhal / Victor Giudice. – 2ª ed. – Rio de Janeiro – José Olympio, 2002.

1. Ficção brasileira. I. Título.

CDD – 869.93
02-1935   CDU – 869.0(81)-3

Para

CARLOS DE AZEVEDO LIMA *e*
MANOEL CARNEIRO,

*médicos, amigos e
personagens involuntários.*

Croire à une femme, faire d'elle sa religion humaine, le principe de sa vie, la lumière secrète de ses moindres pensées!... n'est-ce pas une seconde naissance?

(Crer numa mulher, fazer dela sua religião humana, o princípio de sua vida, a luz secreta de seus menores pensamentos!... Não é isso um segundo nascimento?)

HONORÉ DE BALZAC,
in *Albert Savarus*

Fazer literatura é perder uma partida disputada com o imaginário.

JÚLIA SAMARITANA
DE ALMEIDA NEGRESCO

O
SÉTIMO
PUNHAL

Capítulo 1

Às vezes, fico imaginando o que teria acontecido naquela noite. Gaidinho saindo do Méier, depois de tomar dois chopes com os amigos, e pegando um táxi para a Tijuca. Ninguém sabe que há dois anos ele vive uma aventura extraconjugal. Se alguém soubesse, inclusive eu, já teria dito a ele que ligações com mais de dois anos deixam de ser aventura. Gaidinho tinha mais é que arrumar a trouxa e ir embora com ela. Principalmente se levarmos em consideração que a mulher é casada com um homem que a despreza. O apartamento fica no Alto da Tijuca, na parte mais baixa de uma ladeira. Como sempre, às onze horas, Gaidinho se despede já meio esgotado e vai até a avenida principal pegar a condução. Naquela noite, a rua parecia deserta como em todas as noites. Mas era só impressão. No alto da ladeira, um Monza cinzento se pôs em movimento e, com a disposição do crime, despencou rua abaixo. Gaidinho não chegou a perceber o que estava acontecendo. O carro atingiu-o pelas costas e atirou seu corpo a uma altura de três metros. Ao cair, a cabeça bateu num poste e se desfez em pedaços, como um coco atirado ao chão com violência. Sem interromper o trajeto, o Monza desceu o Alto e tomou a direção da Barra da Tijuca.

Agora estou achando que, aparentemente, a coisa toda começou com o assassinato de Gaidinho. Eu digo aparentemente, porque na verdade nós nunca sabemos o ano, o mês, o dia ou o minuto de nossas vidas em que alguma coisa começa ou acaba. No meu caso, pode ser que tudo já tivesse começado há muitos anos, mas por motivos estéticos, acho mais ético dizer que a coisa toda começou com o assassinato de Gaidinho.

É curioso como, apesar de ignorar minhas convicções a respeito do fim e do início das coisas, Negra já me garantiu mais de mil vezes que as árvores não param de crescer, sempre carregadas de flores pornográficas e frutas diabéticas, mas que eu só dou importância às folhas cirróticas abandonadas no caminho. Ela não deixa de ter suas razões: talvez nada comece e tudo esteja sempre continuando. Mas o que é que pode fazer uma fada de açúcar igual a mim, quando é dominada pela infame certeza de que o marido é um assassino capaz de ressecar todas as folhas da existência, com uma coleção incompleta de punhais de luxo? As fadas indefesas não têm olhos para nada que seja belo ou eterno. Só conseguem ver as folhas secas. Uma vez, ele retirou o punhal mais novo de uma bacia cheia de um líquido misterioso e, com um fervor impenetrável, ficou admirando a lâmina outra vez reluzente. Sem olhar para mim, como se tornou hábito nos últimos três anos, sentenciou:

— Aquele que cometer sete homicídios, usando um punhal diferente para cada um, atingirá o Nirvana.

Será que a coisa começou ali? O punhal era o sexto da coleção. Hoje é o meu preferido. É com ele que abro minha paupérrima correspondência, composta de convites para *vernissages*, lançamentos de livros ou bilhetes de Negra. Acho que Negra me escreve uma vez ou outra só para eu ter oportunidade de usá-lo. Afinal, ela mora na terceira esquina, contando com a minha. A ponta do Sexto, como eu batizei o punhal, é um milagre da cutelaria. Às vezes encosto-a no peito e penso como seria fácil introduzir o aço em meu seio até atingir o coração. Com um gesto comandado por um mínimo de firmeza, a morte seria instantânea. Talvez doce. Essa idéia de morte adocicada é uma forma de fazer oposição às minhas amarguras. Mas a imagem é puramente literária: lá, bem no fundo, sempre tive a maior ojeriza à morte. Uma vez, no colégio, eu disse a Negra que se algum dia fosse encontrada morta, com um tiro na cabeça e um revólver na mão, ela podia procurar o assassino. Sem trocadilho, Negra morreu de rir e concluiu:

— Suicídio, nem morta.

Naquela época, eu não tinha a menor idéia do inferno que estava elaborando para mim mesma e cuja inauguração ocorreria quando percebesse que a coisa havia começado. A princípio, Negra ficou de fora, mergulhada em suas aulas de literatura e em seus estudos esotéricos, ilustrados por setenta e sete tarôs: outra coleção para me afogar em pânico. Nunca permiti que Negra se arriscasse em meu passado-presente-futuro, embora ela conhecesse meus percalços de cor e salteado. Só não conhecia o inferno, porque durante muito tempo me infernizei solitária, enquanto coreografava minhas suspeitas. O pior tormento da existência é a angústia secreta.

Minha angústia secreta foi plantada naquele 9 de abril de 1985, uma terça-feira cativante como um cenário de ópera. Pela manhã, fui à feira comprar minhas rosas. Naquele dia, entretanto, os cravos brancos estavam luminosos. Pena que só houvesse onze e eu alimentasse uma superstição, segundo a qual flores que não formam dúzias semeiam tempestades. Às quatro horas, havia o convite de Negra para tomar chá de pêssego com torta de amêndoas, suas especialidades. Era irrecusável. Naquela tarde, particularmente, a torta estava celestial. Assim que terminei a primeira fatia, ela me ofereceu uma segunda, mas se levantou para atender o telefone. Enquanto esperava pela torta, dei de cara com um *Jornal do Brasil*, lido e revolvido, sobre o tapete. Peguei-o e passei os olhos na página em que estava aberto. Na parte de baixo havia alguns avisos fúnebres. Num canto à esquerda, um nome alfinetou minhas lembranças: João Baptista Garrido Netto. A esposa, a mãe e os filhos convidavam parentes e amigos para sua missa de sétimo dia, a se realizar na manhã seguinte, às nove e meia, na Matriz de Nossa Senhora da Lapa dos Mercadores, na Rua do Ouvidor. O nome da igreja era responsável por mais da metade do ínfimo anúncio. Dois segundos foram suficientes para eu ver a cara triangular de Gaidinho. Era assim que, no colégio, nós chamávamos o João Baptista da missa de sétimo dia. Negra inclusive. Eu estava com dezesseis anos e Gaidinho com dezessete. Foi meu primeiro namorado. O romance durou um semestre do segundo ano científico. Nunca vou esquecer. Aliás, sempre vou-me lembrar de tudo. Esta memória incansável é uma das vigas mestras de meu inferno.

O namoro com Gaidinho começou num baile de carnaval no Clube de São Cristóvão. Nós já nos conhecíamos do primeiro científico. Gaidinho era um garoto vaidoso, que se dizia sósia do George Harrison. Vivia fazendo trejeitos corporais e faciais para parecer um suplente dos Beatles. Levantava os ombros, caminhava sempre em passo de marcha lenta, como se isto lhe conferisse elegância, e olhava para as pessoas com um ar apreensivo, sublinhado por uma das sobrancelhas erguidas e um piscar incessante. O cabelo parecia um capacete arredondado, negro e reluzente, que lhe cobria metade da testa e se alastrava sobre as orelhas. Quanto aos estudos, zero. Sempre que num exame oral um professor dizia seu nome em voz alta, os rapazes riam de antemão, na expectativa da cena. A qualquer pergunta que lhe era feita, Gaidinho desviava o rosto, fixava o olhar em algum ponto superior da parede, piscava mais do que nunca e não respondia. Na época, essa atitude me lembrava alguém que até um segundo antes da pergunta soubesse a resposta na ponta da língua. E aí, vítima de um sortilégio, esquecesse tudo e buscasse a salvação no alto da parede, onde, por meio de outro sortilégio, a resposta poderia surgir. Este era o

Gaidinho que derretia as meninas no colégio e que agora convidava uma delas para sua missa de sétimo dia, lançando a chama fundamental de um inferno particular.

Por um desses motivos inexplicáveis, quando Negra desligou o telefone e cortou a segunda fatia de torta que me havia oferecido, achei melhor não comentar a morte de Gaidinho. Senti como se aquela notícia fosse dirigida apenas a mim. Lembrei-me de que na escola Negra levou meses debochando de meu namoro com ele. Eu achei que naquela hora, entre as alegrias do chá de pêssego com torta de amêndoas, ela pudesse retomar o deboche. Isso me causaria um mal-estar sacrílego. A notícia me havia sensibilizado e eu estava triste. Não com a morte de Gaidinho em si, mas com a morte de uma pequena fração do passado, o que é outra arma da angústia. Negra achava — e ainda acha — que essas coisas não passam de *frescuras* e que a vida deve ser comandada pelo prazer. Suas leituras filosóficas levaram-na a essas conclusões. Não discordo dos filósofos, mas não concordo com Negra, quando ela inclui o deboche na mesma zona do prazer. Como sei que ela nunca pensará em mudar de índole, acho mais inteligente não tocar em assuntos que possam desencadear seus gracejos. A não ser que me interessem. Negra vai morrer debochando do mundo.

Eu a vi pela primeira vez aos onze anos, no dia em que se matriculou no Colégio Brasileiro de São Cristóvão, primeira série C do curso ginasial. Eu sentava na segunda fila, ao lado de uma janela que dava para o pátio das meninas. Como as carteiras eram duplas, ela se sentou ao meu lado e logo me exibiu por baixo do tampo seu cartão de visitas: um pedaço gigantesco de bolo de chocolate, embrulhado num guardanapo de linho amarelo, com suas iniciais em vermelho bordadas a mão: J.S.A.N., ou seja, Júlia Sammaritana de Almeida Negresco. O apelido foi ela própria quem me ensinou. Olga, sua irmã mais velha, começou a chamá-la de Negra quando ela fez um ano. No final de um mês, a família e a vizinhança adotaram o apelido. No colégio, a novidade logo se espalhou pelas salas de aula e, também lá, Júlia ficou sendo Negra, para alunos e professores. O apelido causava estranhamento porque formava um contraste com a pele clara, os cabelos castanhos e lisos e os olhos esverdeados. Aliás, Negra era, é e sempre será linda. Sua beleza é uma espécie de marca registrada que vai do alto da cabeça às unhas dos pés. Não vou me perder em descrições porque beleza não se descreve. Além do mais, em sua grande maioria, as belezas são subjetivas. A de Negra é uma delas. Já vi pessoas dizerem que seus lábios são grossos demais. Tudo é possível. Aos doze anos, Negra era uma garota gorducha. Aos treze, uma ninfeta magricela. Aos quatorze, uma garça de pernas compridas. Aos quinze, um par de seios incipientes. Aos dezesseis, um corpo aceso. Aos dezessete, um sorriso angelical. E aos dezoito, uma garota com ar de ninfeta, andar de garça, seios redondos, corpo demoníaco e cara de anjo risonho. Quando desligou o telefone e veio me servir a segunda fatia de torta, surgiu mais bonita do que nunca. Talvez devido a uma claridade do poente que atravessava as cortinas, talvez devido à minha visão já afetada pela notícia de Gaidinho ou talvez, naquele momento, sua beleza tivesse atingido um clímax, como todos os fenômenos que crescem e decrescem. Só que no caso de Júlia Sammaritana de Almeida Negresco nada decresceria. Tudo nela sempre foi e sempre seria crescente, desde a emoção que demonstrava ao repetir períodos inteiros d'*O alienista*, de Machado de Assis, até a descrição do sabor de um chocolate importado que havia comido no dia tal do ano tal. Mas muitas pessoas lhe faziam restrições. Algumas chegaram a apelidá-la de Má Samaritana, em oposição à samaritana do Evangelho. Quando soube, Negra retumbou sua gargalhada característica e me olhou com um brilho de cínica vitória:

— Viu essa? Agora eu sou bíblica.

Só que não foi a partir daquele *agora* que Negra se tornou um personagem bíblico. Foi talvez no dia em que me exibiu o bolo de chocolate sob o tampo da carteira, ou até muito antes, antes da própria Bíblia. Era justamente esse mistério de Júlia

Sammaritana que assustava as pessoas. A primeira vez que ela me visitou foi no meu aniversário de quinze anos. Meu pai tinha morrido há três meses e acho que minha mãe estava passando pela crise de consciência de toda viúva que se sente feliz com a morte do marido. Não é fácil ocultar dos outros justamente aquilo que os outros dariam tudo para ver. É mais fácil esconder um sapato com o salto partido ao meio do que um sentimento tão descarado quanto real. A sociedade quer o riso na alegria e o pranto na tristeza. Só que nem sempre as alegrias e tristezas das pessoas coincidem com nossas alegrias e tristezas. Quase sempre a tristeza e a alegria do outro são respectivamente nossa alegria e nossa tristeza. E aí, o regulamento burguês manda esconder. É por isso que eu, conhecendo meu pai e minha mãe, achava que a morte de um seria a felicidade do outro. Se meu pai morreu primeiro, azar o dele. De qualquer maneira, minha mãe, que havia comido o pão que o diabo amassou em sua companhia, agora fazia das tripas coração para ocultar o contentamento instaurado pela viuvez. No dia seguinte ao enterro de meu pai, ela me levou à Confeitaria Colombo para tomarmos um *spumoni*, que eu adorava. Foi um momento de absoluta perfeição. Nada dizíamos. Apenas enfiávamos nossas colheres no sorvete e levávamos à boca a porção gelada de uma felicidade, envolta nos fios d'ovos de uma libertação. Estou sendo justa? A morte de meu pai estabeleceu minha liberdade? Seria mais digno eu achar que não. Mas para minha mãe, sim, embora sua preocupação em disfarçar o prazer fizesse de minha festa de aniversário um momento oposto ao do *spumoni* na Colombo. Ela mesma me disse que não seria uma festa. E soltou uma frase postiça:

— Com seu pai morto, não há clima.

A frase sincera seria:

— Com seu pai morto, não há clima melhor.

Se eu, em minha infinita modéstia de raciocínio, percebi as verdades mascaradas pelas mentiras de minha mãe, que dizer de Negra, sempre pronta a desmascarar *frescuras* para, logo em seguida, debochar de todas elas? Acho que diante de seus olhares, sorrisos e mínimas exclamações, minha mãe se sentiu devassada. A quarta participante da antifesta de aniversário era Tia Rosinha, que morava conosco. Às dez horas, quando Olga Sammaritana, a irmã de Negra, passou de carro para apanhá-la, minha mãe beijou minha amiga e embrulhou uma fatia do pavê de ameixas para ela levar. Mas assim que fechou a porta da sala, olhou para mim, fez pontaria e puxou o gatilho:

— Não gostei nem um pouco dessa sua colega. Se eu fosse você, pelo sim pelo não, tratava de me afastar dela.

Tia Rosinha, irmã de minha mãe e oito anos mais velha, sem tirar os olhos de mim, antecipou a resposta que se alinhavava em minha boca:

— Ainda bem que você não é ela. Eu achei sua amiga... como é mesmo o nome? Negra? Eu achei Negra um encanto de pessoa.

A interferência de Tia Rosinha decidiu meu futuro. Nunca me afastei de Negra. No fim de três ou quatro visitas, minha mãe foi amolecendo, até que passou a tratá-la com um carinho *sub judice*. Nesse período, Negra revelou mais um aspecto de sua personalidade que eu nunca pensei que existisse: desdobrava-se para se tornar agradável. Ensinou a minha mãe técnicas eficientes para a criação de violetas. Assim que desvendou o mistério da torta de amêndoas, trouxe a receita para ela. Aprendeu a bordar ponto de cruz, seguindo instruções de Tia Rosinha e provocando um ciumezinho em minha mãe. Trabalhou como uma escrava para trocar as sanefas das cortinas da sala e dos três quartos de nosso apartamento. Inventou um processo de encerar todo o assoalho, de pé, apenas com o auxílio de uma flanela. Especializou-se num método de massagear as costas de minha mãe, quando ela se sentia dolorida. E, aos dezenove anos, aprendeu a dar injeções intravenosas, logo que a morte soltou o primeiro lembrete.

A doença de minha mãe foi outra coisa que começou em minha vida: a primeira dor, o primeiro tumor, a pele incolor, a morte, o pavor. Negra compareceu a todas as dores, a todos os tumores, criando cores e anulando os pavores. A intensidade de seu amor pelo próximo seria explicada anos depois, através da música. O que interessa agora, enquanto escrevo dominada por sua imagem, é a impossível reconstituição da odisséia sem glória que vivemos juntas, Negra, Tia Rosinha e eu, coadjuvantes inermes da tragédia de minha mãe. De nós três, Negra foi a única a demonstrar a necessária força para impedir pelo menos vinte por cento do mau gosto que o destino queria nos impor. Ainda em casa, quando minha mãe, quase sem forças, sentava-se no vaso sanitário, Negra tinha o cuidado de lhe envolver as pernas já descarnadas em toalhas limpas, para que o sangue, ao escorrer de suas entranhas, não ferisse nossos olhares acovardados, diante das indignidades que acompanham certas moléstias. Na última semana, já no hospital, quando minha mãe não conseguiu mais falar, Negra penteava-lhe os cabelos, procurando disfarçar a magreza de seu rosto de cera. Depois, tentava levantar seu maxilar inferior, pendido e imóvel, completamente desarticulado. Nessas horas, Negra contava-lhe os acontecimentos políticos ou as novidades de alguma atriz de tevê, para que ela acreditasse na manutenção da própria vida. Mas, às três horas da madrugada de uma terça-feira, exatamente dois anos, oito meses e dezessete dias depois do lembrete inicial, a morte cumpriu seu dever. Covardemente saí do quarto com a desculpa de que ia chamar a enfermeira. Quando voltei, Negra estava na janela, olhando a rua deserta, depois de haver cruzado as mãos da morta sobre o peito. Enquanto a enfermeira tomava as primeiras providências, fiquei ao lado de Negra, imóvel, sentindo o organismo fabricar as lágrimas. Sem me dirigir o olhar, ela deu um soluço e me segredou num tom quase inexpressivo:

— Engraçado. Ela não gostava de mim.

Minha mãe morreu sete anos depois de meu pai. Eu estava com vinte e dois e Negra, com vinte e três. Agora, no chá de pêssego, os números eram outros: trinta e cinco e trinta e seis.

Nossa festinha particular ainda durou quase uma hora. Negra comentou alguns trechos da tese de uma aluna sua do mestrado, eu aprovei quase tudo, com uma ponta de inveja por sua capacidade de realização. Jamais eu poderia desconfiar que aquela tarde determinaria o momento em que eu escreveria um livro, este livro, muito mais importante do que todas as teses do planeta. Nem mesmo quando cheguei em casa e percebi que no jarro de cristal que eu havia arrumado sobre o aparador só restavam cinco cravos, dos doze que eu tinha comprado de manhã. Na feira, a barraca das flores me seduziu com os onze cravos gloriosamente brancos. Concordei em completar a dúzia com um vermelho. Em casa, tive alguma dificuldade em introduzir as doze hastes no gargalo do jarro. Mas consegui. E agora, oito horas depois, só havia cinco. Não sei por que, o episódio me deixou em pânico. Telefonei para meu marido. Ninguém atendeu. Minha arrumadeira já devia ter ido embora há muito tempo. Ligar para Negra, nem pensar. Ela viria com argumentos esotéricos e eu perderia o sono. Talvez um copo d'água com açúcar me acalmasse. Fui à cozinha. Aí, aconteceu o pior. Na borda da lixeira, pendia o cravo vermelho, cuja haste naturalmente se quebrara ao ser atirado ali. Com o coração aos pulos, levantei a tampa: os seis cravos brancos estavam lá, na lata de lixo. Destroçados. Meia hora depois meu marido chegou. Quando lhe contei o ocorrido, ele deu um sorriso:

— Fui eu. Estive aqui à tarde para apanhar um documento e cometi o crime. Será que você não percebeu que aquele jarro não dá para doze cravos? Com um gargalo daquele, são só cinco e olhe lá. Quer jantar fora?

Eu estava sem fome, mas aceitei o convite. A partir daí, meu comportamento foi ficando parecido com o de minha mãe. Na cama, eu estava sem sono, mas fechei os olhos. Naquele momento, descobri que fingir não vale nada: os sete cravos continuaram a me perseguir. Principalmente o vermelho.

CAPÍTULO 2

RENTE QUE NEM PÃO QUENTE, às nove e quinze da manhã seguinte, eu entrei na Matriz de Nossa Senhora da Lapa dos Mercadores. A igreja ainda estava deserta. Como é meu costume em missas do gênero, sentei-me no antepenúltimo banco. Para mim é o mais discreto. Mal me acomodei, a solidão fez a memória regredir aos cravos na lixeira e aos fragmentos de insônia da noite anterior. Mas a elucubração foi interrompida por uma imagem de Cristo de tamanho natural, à direita, bem ao lado do quarto banco depois do meu. A pose era clássica: a túnica inconsútil, o manto vermelho, os braços amarrados, um bastão coberto de lírios saindo pelas amarras, a coroa de espinhos e, sobre a testa, as gotas de sangue já meio opacas, devido à poeira. Mas os olhos de vidro me chamaram a atenção. Apontavam para baixo, como se estivessem prontos a observar qualquer fiel localizado na extremidade do quarto banco. Nesse instante, imaginei uma noiva apressada que chegasse à igreja antes do casamento e resolvesse fazer a maquiagem sentada naquela posição. De início, equilibraria um espelho no encosto do banco da frente. Depois, sob o olhar do Cristo, abriria a bolsa e tiraria o estojo. Primeiro, espalharia a base cosmética em todo o rosto. Em seguida o pó facial, o *blush* e, para encerrar, aplicaria nos olhos o rímel, a sombra e o delineador. Quando fosse devolver o estojo à bolsa, o Cristo lhe diria em tom coloquial:

— E o batom? Você esqueceu.

Aí, das duas, uma: ou a noiva agradeceria à imagem e passaria o batom nos lábios, ou se levantaria em pânico, tratando de fugir da igreja e, o que seria melhor, do casamento, para refestelar-se outra vez na doce vida de solteira.

Nesse ponto, meu *alter ego* resolveu dar as caras, com uma reprimenda por eu estar há mais de vinte e quatro horas em atitude antimatrimonial. Minha imaginação surrealista foi pro brejo e se atolou na mais insignificante realidade. Ou seja, o espaço das boas idéias, que coincidia com o vazio da igreja, foi invadido por seres absolutamente objetivos: os parentes e amigos de João Baptista Garrido Netto. Homens e mulheres concentravam a dor num olhar mortiço de retrato três por quatro. Entre as mulheres, duas ostentavam luto fechado, não deixando nenhuma dúvida quanto aos vínculos com o falecido. Uma delas, aparentando trinta anos, esbranquiçada, chorosa, óculos escuros e bonita, apesar do momento, era a viúva. Caminhava em passos meticulosos, apoiando outra, muito mais velha, também esbranquiçada, com os movimentos dificultados por uma séria deficiência neurológica: sua sogra, mãe de Gaidinho. Pelo menos, apresentava o mesmo rosto triangular, a mesma conjuntura óssea, a mesma expressão. Só faltava a juventude. Sentaram-se no primeiro banco. A seu lado, juntou-se outra mulher, mais moça, também com o rosto triangular, a conjuntura óssea e a expressão de Gaidinho. Com ela, dois meninos beirando os dez anos: mesmo rosto triangular, mesma conjuntura etc. A mulher só podia ser a irmã caçula do morto. E os meninos, os filhos. Logo depois um fato me chocou: na parte de trás da igreja, um homem antes dos quarenta permanecia de pé, sustentando nos braços uma menina de idade indefinida, completamente deformada e olhar abobalhado. Apesar das deformações, a deficiente equilibrava sobre o pescoço o mesmo rosto triangular etc. Não me lembro ao certo da última vez que eu vi Gaidinho. Acho que foi no baile de formatura do curso científico, no Ginástico Português. Que aconteceria a ele se, naquela noite, entre duas danças, alguém lhe segredasse:

— Você vai pôr três filhos no mundo. Dois normais e uma deficiente. Terá sempre uma grande preocupação com o futuro dela. Mas fique tranqüilo. Você vai morrer antes dos quarenta e quase não terá tempo de fazer nada por sua filha.

Talvez ele desviasse o olhar para um ponto mais alto do salão, começasse a piscar e nada dissesse.

Depois dessa pérola mental, meus pensamentos bateram asas sobre qualquer absurdo que minha imaginação arquitetasse. Calculei a possibilidade de estar no lugar da viúva, choramingando — de verdade ou de mentira — a morte de Gaidinho. Achei que eu não conseguiria apoiar a mãe dele com a mesma firmeza de sua mulher. Em seguida, me imaginei no dia de meu casamento com ele, fazendo a maquiagem no banco da igreja, fiscalizada pelo Cristo. E assim, flutuando em universos paralelos, minha cabeça foi aterrissar em casa, dezenove anos atrás, momentos antes do baile de carnaval do Clube de São Cristóvão.

Para ser sincera, até os dezesseis anos eu não tinha experimentado grandes afinidades por manifestações carnavalescas. Para mim e para minha mãe, o carnaval se limitava a bisbilhotar pela televisão os bailes do Municipal, os concursos de fantasias e três ou quatro escolas de samba, no máximo. Da quarta ou quinta em diante, nós duas adormecíamos no tapete da sala e só acordávamos com o dia claro, ao som da última escola. Já minha Tia Rosinha se evaporava. Folia era com ela. Dizia que era sua compensação por aturar o Ministério da Fazenda o ano inteiro. Na segunda-feira do carnaval de 1966, passou o dia implorando à irmã que diminuísse a bainha de uma calça de marinheiro que ela queria usar no baile do São Cristóvão. Depois de algumas reclamações de minha mãe, que detestava costurar cetim, a calça ficou pronta. Assim que titia se vestiu e foi para o espelho desenhar corações de batom nas bochechas, eu comecei a rir. Ela não me deu confiança. Quando completou a tarefa, me encarou com uma seriedade de meia-tigela e revirou os olhos:

— Por que é que não telefona para Negra, convidando ela pra ir ao baile com você e comigo? Eu tenho convites sobrando.

— E minha mãe?

Tia Rosinha fechou os olhos e ergueu as sobrancelhas:

— Aquela? Fica vendo televisão. Não é disso que ela gosta?

Menos de uma hora depois do telefonema, Negra apareceu com um pareô vermelho e branco, aberto do lado, um colar de havaiana e uma coroa de flores artificiais. Quando nos viu boquiabertas pela rapidez com que havia se transformado na foliona mais sensual da noite, Negra mostrou a perna pela abertura do pareô e revelou o nome da eficiência:

— Olga Sammaritana de Almeida Negresco.

Mais uma vez, Tia Rosinha disse o que eu teria dito, se tivesse um pingo de ousadia:

— Essas pernas ainda vão dar o que falar.

Nos minutos seguintes, enquanto minha tia escancarava todas as gavetas possíveis e imaginárias, à procura de algum farrapo colorido que pudesse me servir de fantasia, minha mãe, numa de suas atitudes postiças, não tirou os olhos da televisão Finalmente, Tia Rosinha conseguiu desencavar uma calça de linho bege que minha mãe tinha usado há mais de um ano, numa viagem com meu pai, e uma blusa de seda preta com que ela saía durante o luto. Para arrematar meu traje, surgiu um par de sandálias brancas. Quando Tia Rosinha apontou o batom para meu nariz, com a disposição de desenhar corações em minha cara, eu recusei definitivamente. Ao sairmos, minha mãe deu um até logo insosso, sem nos olhar.

A partir daí, a memória se estilhaça em pleno salão, com milhares de dançarinos aos solavancos, esgoelando-se em obediência ao grito de seis trompetes desafinados, sublinhados por uma bateria de quartel. Em meio minuto, perdi Tia Rosinha de vista. Em quarenta e cinco segundos, um legionário de calças curtas arrastou Negra para o turbilhão. Em um minuto, um rapaz sem viço, que eu já conhecia de ver entrar ou sair do edifício em frente ao nosso, surgiu ao meu lado, com a cara mais anticarnavalesca do Rio de Janeiro, e me tirou para dançar. Meio sem graça, aceitei o convite e entramos no cordão de mãos dadas. Quando completamos uma volta, o restante da graça entrou em órbita. Eu nunca havia passado por uma experiência tão desoladora. O rapaz não dançava e não cantava. Apenas caminhava à esquerda, com um passo pobremente ritmado. Apesar de sua mão pegar a minha com doçura, como se aquela fosse a única maneira de me transmitir uma mensagem de carinho, eu dei graças a Deus quando, no meio da segunda volta, a mensagem foi interrompida por um súbito fogo de artifício que se firmou como o grande acontecimento da noite: Gaidinho, o sósia do George Harrison, incendiando meu lado direito com passos de dança tão ágeis e repetitivos, que lembrava um projetor de cinema enguiçado. Nós nos olhamos, mas tudo aconteceu como se nunca nos tivéssemos visto. Em sua fúria carnavalesca, Gaidinho não deu a mínima importância ao fato de alguém já estar segurando minha outra mão. Pegou a que estava ao seu alcance e usou-a como fio condutor de sua euforia. No mesmo instante senti-me contagiada pelo espírito do baile e comecei a pular como uma idiota, ao ritmo do novo parceiro.

Não adianta buscar explicações filosóficas para meu comportamento daquela noite, embora aquele gesto tenha sido responsável por grande parte dos infortúnios que manchariam meu futuro. Ou até mesmo, quem sabe eu não pudesse dizer que a coisa toda começou quando dei a mão a Gaidinho, num baile do Clube de São Cristóvão, na segunda-feira de carnaval, em 1966? Depois de tudo que aconteceu comigo, é possível que, se me fosse permitido voltar àquela noite, eu tivesse dado as costas a Gaidinho assim que ele surgiu. Ou melhor, se eu dispusesse de um dom premonitório, nunca teria aceitado o convite de Tia Rosinha. Às vezes, na solidão do travesseiro, penso nas opções que me restariam se eu não tivesse ido àquele baile. Eu teria ficado com minha mãe no tapete da sala, diante de uma televisão inócua. Minha mãe estaria idealizando uma forma qualquer de ludibriar a realidade, enquanto eu tentaria descobrir um meio de mergulhar na própria realidade sem que os outros se ofendessem, atitude que até hoje me soa impraticável. É provável que a consciência dessas vidas insatisfatórias tenha me levado a aceitar o convite de Tia Rosinha. O que eu vi em Gaidinho foi justamente o que eu não via nas entrelinhas de minha existência, a não ser na amizade com Negra. No mais, era tudo invisível porque tudo era previsível. Eu já conhecia de cor e salteado as opiniões esfarrapadas de minha mãe, com todas as vírgulas, pontos e parágrafos. Essa previsibilidade formava uma barreira entre mim e o mundo lá fora, o mundo brincalhão de Gaidinho, me arremessando ao fundo de uma alegria tão selvagem quanto real.

Em meio minuto, ele me deu o braço e duplicou o contágio. Do lado esquerdo, a mão do vizinho da frente funcionava como pólo negativo. Mas durou pouco. Quando ele viu meu braço colado ao de Gaidinho, largou minha mão e saiu da roda. Eu pensei que a noite houvesse começado ali, no instante em que fiquei só com Gaidinho, livre da presença do vizinho da frente. Mais tarde cataloguei o fato entre meus enganos iniciais a respeito do início das coisas. Agora, tanto faz como tanto fez. O importante foi a noite esplendorosa de meus dezesseis anos. Gaidinho passou o braço por minha cintura, eu passei o meu pela cintura dele, e pulamos até as quatro da madrugada. Quando paramos cinco minutos para beber guaraná, ele me beijou. Quando acabamos o guaraná, nós nos beijamos. Enquanto voltávamos para o salão, ele tornou a me beijar. Três segundos depois foi minha vez de beijá-lo. Mas quando nossos lábios se separaram, percebi a alguns metros o vizinho da frente. Estava sentado num degrau da escada que dava para o andar de cima, fumando um cigarro e fingindo que não me via. Mesmo a distância, seu olhar desconsolado me feriu e, não sei por que, senti pena dele.

De qualquer maneira, daí até o final do baile, Gaidinho e eu acabamos de nos descobrir. Descobrir, no caso, aparece com dois sentidos: descobrir, como revelação de fatos novos, e descobrir, como ato de despir o sétimo véu e mostrarmos como somos a nós mesmos. Às quatro da madrugada, logo que os trompetes silenciaram, eu senti a noite como um sonho terminado. Não entendi meus dedos entrelaçados com os dedos de Gaidinho, nem sua presença suarenta perguntando se eu ia ao baile da terça-feira gorda e marcando um encontro comigo na quarta-feira de Cinzas às sete da noite, no Campo de São Cristóvão, em frente ao orfanato. Só despertei por inteiro quando ouvi as risadas de Tia Rosinha e de Negra. Depois de abandonada pelo legionário de calças curtas, ela se conformou em passar a noite pulando com titia, que não lhe deu um minuto de folga. Ao ver as duas, Gaidinho se afastou e me jogou um beijo antes de cruzar o portão do clube. Já na rua, Tia Rosinha avistou um conhecido e foi logo tratando de chamá-lo. Sua desculpa era razoável:

— Deus me livre de voltar sozinha a essa hora da noite.

Quando ela concluiu a frase, o conhecido estava ao nosso lado: o vizinho da frente, sem tirar nem pôr. Naturalmente minha tia já mantinha algum tipo de amizade com ele. Depois das apresentações, o comentário de Negra se resumiu num olhar decepcionante que só eu vi. Por uma razão obscura o rapaz não se referiu ao fato de ter dançado comigo no início do baile. Mas na caminhada pelos oito quarteirões até em casa, alguma coisa mudou. Ele não era a mesma criatura sem sal que havia me tirado para dançar. Seu tom de voz se afinava a uma inteligência traduzida pelos ditos mais espirituosos que eu já ouvira em meus parcos dezesseis anos. Pelo menos assim me pareceu. Tia Rosinha ria sem parar. Negra e eu nos mantínhamos em silêncio. Só que minha amiga, além da mudez, adotava um aspecto de total ausência. Era como se ela não ouvisse nada que ele dizia. Eu, não. Meu silêncio era causado pela revelação de uma personalidade completamente oposta a tudo que eu conhecia como personalidade. Em vinte minutos, o vizinho da frente só falou de coisas interessantes: música, cinema, poesia. Quando Tia Rosinha lhe perguntou pelos estudos de piano, ele contou que havia abandonado a música depois da morte do pai. As aulas pela manhã e o trabalho no banco, à tarde, censuravam qualquer nota musical. Tia Rosinha, indiscreta como sempre, apontou para mim e disse que eu também não tinha pai. Sem me olhar, ele revelou que já sabia. Sem me olhar, ele confessou que quase não me via, mas que cumprimentava minha mãe sempre que cruzava com ela. Sem me olhar, ele ensaiou um curioso discurso a respeito de pessoas que não olham para outras, com o intuito de preservar a beleza do que não vêem. Sem me olhar, ele condenou Orfeu por ter olhado Eurídice, e nos brindou com a lenda de um bruxo que nunca olhou para uma fada que habitava o castelo em frente e, na hora da morte, descobriu que havia passado a vida toda apaixonado por ela. E, sem me olhar, ele não viu minha troca de olhares com Negra, a cada frase sua que me emocionasse. Mas na despedida ele me olhou três vezes: quando apertou minha mão, quando atravessou a rua e quando entrou no edifício onde morava.

Logo que o portão se fechou sobre ele, a memória deu meia-volta e eu me estatelei na missa de sétimo dia, no exato momento em que o padre começava um pequeno sermão. Suas palavras iniciais me provocaram um nó na garganta. Até hoje não atinei com a causa desse meu sentimentalismo, sempre que ouço ou leio certas passagens do Novo Testamento. Mas além da emoção costumeira, eu achei que a citação escolhida tinha um significado extra:

— Quando Marta e Maria viram Jesus chegar, correram até Ele e disseram: se Vós estivésseis conosco, nosso irmão não teria morrido.

A princípio, como o episódio terminava com a ressurreição de Lázaro, achei que o religioso tivesse o desplante de cobrar de Deus um milagre que ressuscitasse o falecido, assim como o falecido, quando estudante, esperava um milagre que fizesse as respostas do exame ressuscitarem no alto das paredes. Mas o desplante era meu. Depois das frases iniciais, o sermão se referiu indiretamente a algum fato violento. Teria sido violenta a morte de Gaidinho? A pergunta martelou em minha cabeça até outro instante em que a verdade por um triz não veio à tona. As palavras do padre eram claras:

— Se aquela criatura abrigasse Deus em seu peito, João Baptista ainda teria tempo de cumprir sua missão de chefe de família.

Foi a conta. É claro que a morte de Gaidinho havia sido causada por uma criatura que não abrigava Deus no peito. Minha curiosidade entrou em ebulição. Olhei para trás e não vi o homem com a menina no colo. Levantei-me e fui até a porta da igreja. Ele estava no pátio, tentando distrair a criança. Saí como quem não quer nada e me aproximei dele:

— Por acaso o senhor tem um cigarro?

O sujeito deu a melhor das respostas, já que eu nunca tinha posto um cigarro na boca:

— Não fumo. Mas se a senhora quiser eu...

Tratei de eliminar suas intenções:

— Não, por favor. Eu posso esperar pelo final da missa.

E entrei no assunto que interessava:

— É o mínimo que se pode fazer pela memória de Gaidinho.

O apelido surtiu efeito:

— A senhora conhecia ele?

— Fomos colegas de ginásio.

O sujeito sorriu:

— No Colégio Brasileiro?

Eu completei:

— De São Cristóvão.

E aí veio o inesperado:

— Então você me conhece.

A troca de *senhora* por *você* era demais. Ajustei a memória naquele rosto e os traços fisionômicos se derreteram até formar outra cara, dezenove anos mais moça:

— Você não é o Carlos Augusto?

Carlos Augusto era primo de Gaidinho, um ano mais adiantado que nós e o aluno mais antipático do colégio. Meu estômago deu voltas, mas eu não podia perder a pose. Procurei aturar com galhardia suas impertinências:

— Também estou me lembrando de você. Você foi namorada dele durante uns dois anos. Confere? Como era mesmo seu nome?

Meu sangue ferveu e eu só respondi à primeira pergunta:

— Não chegou a cinco meses. Mas não é por isso que eu estou aqui.

— Claro.

— Eu só queria saber como foi que ele morreu assim, tão moço. Foi coração?

Carlos Augusto esticou o pescoço, virou a cabeça para mim e falou no tom mais baixo que encontrou, como se evitasse que a deficiente ouvisse o que ele dizia:

— Desastre. Atropelamento.

— Meu Deus. Com trinta e seis anos.

Por um segundo eu vi o Carlos Augusto do colégio:

— O destino, você sabe como é. Ninguém escapa.

— Quando foi? Sexta-feira passada?

— Que nada. Desgraça pouca é bobagem. O negócio foi na segunda-feira retrasada. Ele saiu do trabalho e foi tomar chope com uns amigos. O bar fica numa transversal da Borja Reis. Ali no Méier. Conhece? Toda segunda-feira ele fazia isso. O pessoal prefere se encontrar na segunda, porque na sexta é aquele alvoroço. Eles disseram que o Garrido saiu pouco depois das oito e foi a pé até a Dias da Cruz. A partir daí ninguém mais o viu. Bateu meia-noite. uma hora, duas e nem sombra. A Glorinha ligou pra mim e eu me mandei pra casa deles. Telefonamos pra delegacia, pro necrotério, ninguém soube ninguém viu. Dia seguinte ele não deu as caras no trabalho. Aí complicou. Já imaginou em casa? O sufoco? Passaram dois dias, três, quatro, cinco, e a Glorinha, à custa de calmante. Titia, doente daquele jeito, não podia saber de nada. Só agora, na quarta-feira o corpo foi identificado. O negócio é que toda segunda-feira, quando ele saía do bar, ia pro apartamento de uma conhecida, no Alto da Tijuca. Quando um amigo meu que é da polícia localizou a fulana, ela se apavorou. Sabe como é, casada, o marido fora, essas coisas. Depois ela contou que naquela noite, mal ele botou o pé na calçada, apareceu um Monza cinzento não se sabe de onde e era uma vez.

O *era uma vez* indicava o fim da conversa. Dei um beijo na menina, despedi-me de Carlos Augusto e comecei a caminhar em direção à rua. Ele não se conformou:

— Não vai esperar pra cumprimentar a Glorinha?

— Ainda tenho que trabalhar. Por favor, dê meus pêsames a ela.

Para legitimar a antipatia, ele arrematou:

— Você continua enxuta. Como é mesmo seu nome?

Fingi que não tinha ouvido.

Só no táxi eu consegui avaliar o sofrimento daquela família, daquela mãe, principalmente. Um homem de trinta e seis anos, casado, pai de três filhos, sai de casa para trabalhar e aparece morto não sei quantos dias depois, atropelado por um Monza cinzento.

Acontece que o acaso não descansa. Enquanto eu materializava a tragédia de Gaidinho, o táxi entrou em minha rua e eu vi meu marido chegando em casa. Uma vez ou outra ele vinha almoçar comigo. Naquele dia, entretanto, alguém lhe ofereceu uma carona num Chevrolet Monza, cinzento. A coincidência fez eu me lembrar do provérbio de Carlos Augusto: desgraça pouca é bobagem.

CAPÍTULO 3

O VIZINHO DA FRENTE morava com a mãe, professora de piano, e com uma prima em segundo grau do pai, solteira, sessenta e quatro anos, *branca, baixa, balofa e beata,* segundo classificação de Negra, mas uma artista de mão cheia. Todos a chamavam de Zora, Dona Zora, abreviação saudável para um nome tenebroso: Zoraida. Aliás, ela foi a única pessoa chamada Zoraida que eu conheci na vida. Pelo menos, até escrever esta afirmação. Uma vez, quando eu lhe declarei que a considerava uma artista, ela deu uma prova de honestidade profissional:

— Que é isso, filha? Eu não sou artista coisa nenhuma. Minha mãe, que era italiana, dizia que o que nós fazemos é artesanato. Eu sou mesmo é artesã, e olhe lá.

A arte — ou o artesanato — de Dona Zora era o bordado à mão. Prendia o tecido num par de bastidores e, com um dedal de prata, agulha e linha, cobria o desenho a carbono, criando sobre os traços quase invisíveis, uma estrutura de figuras e cores semelhante a uma tela do Renascimento. Negra me critica pelo exagero, mas eu tenho razão. Uma vez Dona Zora bordou uma paisagem campestre, onde há uma estrada de terra com uma casa rústica no horizonte. A casa ocupa uma posição quase central. Na verdade, o desenho é cópia de uma ilustração norte-americana, impressa numa tampa de lata de biscoitos dos anos trinta. O sol poente, posicionado atrás da construção, expande os raios avermelhados por todos os elementos da paisagem, tornando-os translúcidos e incandescentes. O foco por onde a luz se projeta é a janela da frente, que coincide com outra abertura nos fundos da casa. A luminosidade do bordado chega a ferir meus olhos. E tudo isso num pedaço de linho, menor que um lenço de homem. Hoje, essa pequena obra-prima é a única lembrança que me restou de Dona Zora, ou melhor, de Tia Zora, como eu passei a chamá-la depois.

Quanto à mãe do vizinho, era filha de pais italianos. Sobre ela há tudo a falar, desde que se fale mal. Seu mundo, além de mesquinho, era esdrúxulo, a partir do nome: Isolda. Um dia Dona Zora nos contou que aos dezoito anos, com seis meses de casada, Dona Isolda pesava oitenta e sete quilos, mal distribuídos por um metro e setenta de arrogância. Nesse ponto, Negra concordava comigo em gênero e número. Criou até um trocadilho versificado: na cama com aquela Isoldíssima, Tristão seria tristíssimo. Quando Negra e eu, duas intelectualóides desaforadas e influenciadas por Olga Sammaritana, passamos a nos interessar pelo *Tristão e Isolda*, só conseguíamos ouvir o canto da Isolda wagneriana depois de esgotarmos o riso provocado pela Isolda, mãe do vizinho. Foi em momentos como esses que Negra moldou sua marca registrada sonora, a gargalhada em quatro oitavas, designação minha. No dia em que fui apresentada a Dona Isolda, ela estava com trinta e oito anos e mais de noventa quilos. Fisicamente, o vizinho não tinha nada a ver com ela, embora Negra achasse que, apesar de magro, ele era a cara, o corpo, o jeito, enfim, a mãe, cuspido e escarrado. Além de não concordar com Negra, eu sempre fazia uma ressalva: menos o cheiro e a maneira de comer. E Negra encerrava o assunto dizendo que isso não era vantagem, uma vez que ninguém no mundo poderia ter um cheiro igual ao dela, ou mastigar fazendo aquela barulhada gosmenta. Sem falar no temperamento agressivo, sublinhado por uma voz rouca e seca, mas cortante, e marcada por pontos finais monossilábicos: não, não e não. Para ela, viver se resumia em dizer *não*. Nunca entendi como os alunos suportavam suas aulas de piano. Às oito da manhã, depois de devorar uma bisnaga com manteiga e quatro xícaras de café com meio quilo de açúcar, Dona Isolda se encaixava numa poltrona e esperava os alunos, já com o piano aberto. A poltrona ficava numa posição estratégica. Sem se levantar, ela podia estender o braço direito e alcançar o teclado na parte aguda, em caso de querer mostrar como determinada passagem deveria ser tocada. Negra debochava: como determinada passagem não deveria ser tocada. Mal o aluno se sentava em frente ao piano, ela ordenava:

— Czerny, primeiro exercício.

Se o aluno capengava, ela alteava o tom de voz:

— De novo.

Se o aluno não capengava, ela baixava o tom:

— O outro.

O aluno tocava o exercício seguinte, maltratava o *Sobre as ondas*, ela dedilhava a melodia com os dedos gorduchos, a meia hora passava, o aluno saía e entrava o segundo...

Não. É claro que o vizinho da frente não era igual à mãe. Às vezes ele até parecia bonito. Moreno, um metro e oitenta, olhos enormes, quase negros, e os cabelos castanhos mais escuros que eu já vira, com um fio branco em cada têmpora, só para acrescentar dois gramas de charme. Mas não era magro, como Negra o descrevia. Embora não fosse gordo, mantinha um leve excesso de peso que bem poderia ser eliminado ou, pelo menos, disfarçado, caso ele se vestisse melhor. Era nesse aspecto que se notava sua pobreza, talvez acentuada por um desleixo natural. Ele era capaz de usar uma calça mais de uma semana ou um par de sapatos mais de seis meses. Essas observações, que eu cognominei de *estética do vestuário do vizinho da frente*, só podiam partir de Negra. Aliás, a expressão *vizinho da frente* foi registrada por ela.

Nossa amizade só começou para valer, depois que meu namoro com Gaidinho mereceu o mesmíssimo zero que ele recebia nos exames orais. Durante as férias, o vizinho da frente começou a conversar comigo com mais freqüência e, como eu já adivinhara desde aquela madrugada carnavalesca, em matéria de conversa ele era páreo duro com Negra. Só quem conhece Negra é que pode entender a comparação. Depois de julho de 1966, meu relacionamento com o vizinho foi estrondoso. Nos sábados, principalmente, nós iniciávamos um diálogo às dez da manhã. Ao meio-dia, interrompíamos para o almoço e retornávamos às duas da tarde. Daí em diante, tudo era possível com referência a horários. Sentávamos num banco de pedra que havia na entrada de seu edifício e a conversa nunca chegava ao fim. Por volta das onze da noite, minha mãe aparecia na porta de nosso prédio e me chamava. Sua voz meio abafada fazia o mesmo efeito de um punhal em minhas costas, embora eu ainda desconhecesse a verdadeira função dos punhais. Pouco tempo depois, numa noite chuvosa, ela nos pediu que fôssemos para dentro de casa. Lá, nós poderíamos conversar até o dia clarear. Aceitamos o convite, o vizinho avisou a mãe, nós entramos, sentamos na mesa da cozinha e conversamos até o dia clarear. Agora, vinte e cinco anos depois, se me perguntassem sobre o que conversávamos, eu ficaria piscando e olhando para o alto das paredes. Apenas, eu poderia jurar por todos os santos que aquilo era a felicidade. Se naquela época me perguntassem o que era ser feliz, eu responderia: conversar com Negra durante a semana, e com o vizinho da frente aos sábados e domingos.

Negra e Olga passavam os fins de semana em Petrópolis, na casa do pai, médico homeopata com fama estadual. Especializou-se em fórmulas mágicas de miraculosa eficiência no tratamento de doenças da pele. Só não encontrou uma fórmula capaz de curar sua misantropia crônica. Vivia solitário, em companhia de uma cadelinha bassê chamada Kundry. Olga me explicou que esse nome era extraído de uma personagem de Wagner, uma estranha mulher que aparece na ópera *Parsifal*. Negra nunca se queixou, mas eu notava que havia uma pedra em seu sapato. A idéia do pai, de se afastar das filhas e morar em Petrópolis, causava um mal-estar em Negra e talvez na irmã, só que Olga cantava de galo e proclamava aos quatro ventos que a liberdade total, longe do grilhão paterno, era sinônimo de paraíso. De acordo com este raciocínio, ir a Petrópolis todo fim de semana era sinônimo de inferno. Enquanto isso, meu sinônimo de paraíso era conversar com o vizinho da frente o sábado inteiro e parte do domingo.

Por volta de novembro, ainda em 1966, Negra surgiu com a mania de prestar exame para o Curso Normal, do Instituto de Educação. Ela dizia que o Colégio Brasileiro, além de cobrar uma exorbitância, não valia nada, e que o Instituto de Educação, de saída, oferecia possibilidade de trabalho. Embarquei na idéia e começamos a estudar como duas condenadas. Foi nesse período que Negra me convenceu a passar os sábados e domingos em Petrópolis, com a finalidade exclusiva de dar maior impulso aos estudos. Conversei com minha mãe a respeito da novidade e ela, como sempre, colocou obstáculos. Só depois das incansáveis explicações de Tia Rosinha é que resolveu concordar. Minha mãe alimentava a esperança de me ver médica. E eu, a fada de açúcar, alimentava a esperança de me ver livre de suas esperanças. Eu não podia prever que sua vida seria tão curta.

No sábado seguinte, às sete da manhã, Negra, Olga e eu estávamos no ônibus para Petrópolis. De minha janela, eu constatei que o olhar desconsolado do vizinho da frente, na plataforma, era o mesmo que eu havia surpreendido no Clube de São Cristóvão, quando eu e Gaidinho nos beijamos. Aquele olhar era de cortar o coração. O ônibus saiu, Negra iniciou uma sessão de deboches, mas eu amarrei a cara e ela parou. Meus olhos buscavam os pontos mais distantes da paisagem, como se naquelas regiões inatingíveis eu encontrasse a solução para os problemas que, pensando bem, ainda não existiam. Ou será que já havia pelo menos indícios? Nunca vou saber. Na maior parte da viagem, enquanto durou a zanga com Negra, minha cabeça focalizou minha relação com o vizinho da frente. É natural que, depois de quatro meses de conversas infindáveis pela madrugada adentro, as pessoas achassem que nós dois estivéssemos perdidamente apaixonados. Se eu dissesse que não, ninguém acreditaria. A não ser Negra. Ela perguntou, eu disse que não e ela acreditou. O vizinho da frente e eu não estávamos perdidamente apaixonados. Hoje eu teria considerado aquilo uma espécie de pré-paixão. E mesmo que pareça a mais deslavada mentira, até aquela data ele nunca me dissera nada que significasse um sentimento dirigido a mim. A não ser na volta para casa, logo depois do baile, quando ele contou a história do bruxo que se apaixonou pela fada que morava em frente, sem nunca ter olhado para ela. Ali, ele foi claro. Mas depois não houve mais referências indiretas e, muito menos, diretas. O que ele fazia durante as conversas era puramente me seduzir. E isso, ele conseguia. Contava mil casos originais, na maioria episódios que havia presenciado na rua, no banco ou na faculdade. Estava no segundo ano de Direito, mas se interessava por matemática, outra originalidade sedutora. Além da matemática, havia a música, a literatura... Uma vez nós passamos uma noite inteira rabiscando frases juvenis, datas e assinaturas nas páginas de um compêndio sobre romancistas franceses. Até meu primeiro fim de semana em Petrópolis, meus sábados e domingos compunham o calendário de um universo excepcional, compartilhado por dois espécimes que nada tinham a ver com a realidade cotidiana de um bairro da Zona Norte. Penso que este foi o único motivo para eu achar Petrópolis insuportável. O pai de Negra era como Olga o definia: um grilhão paterno. Quase não abria a boca. Quando as duas me apresentaram, a criatura se comportou como se eu fosse uma duquesa de opereta

35

e ele, o último lacaio de um príncipe recortado em papelão. Se não fosse a simpatia da pequena Kundry, Petrópolis seria um túmulo. Aliás, meu caso com a bassê foi de amor à primeira vista. Mesmo assim a tarde de sábado foi tétrica. Lemos dois capítulos de uma apostila de história do Brasil. À noite, depois de uma sopa de aipo temperada pelo lacaio do príncipe, e servida numa sala decorada à moda dos filmes de vampiros e à prova de Kundry, demos uma volta em torno do Palácio de Cristal e fomos dormir, as três, numa cama de casal de madeira negra e espaldar alto. Logo que deitamos, Olga puxou um bambolim, e um dossel de organdi amarelado se estendeu por sobre nós, formando uma espécie de tenda árabe. Respirei fundo e expeli o ar junto a uma exclamação:

— Em Petrópolis, as coisas viram história em quadrinhos.

Olga acompanhou meu raciocínio:

— Ou romance de folhetim.

Mas Negra demonstrou mais atualidade:

— Ou novela de televisão.

Ninguém riu. Houve um silêncio mais soturno do que a noite. Uma curiosidade que me perseguia, desde que o ônibus parou em Petrópolis, deu uma escorregadela em meu cérebro, resvalou para a garganta e saiu pela boca:

— Esta cama era da mãe de vocês?

A pergunta fez um efeito próximo dos efeitos especiais do cinema. Negra, que estava deitada entre mim e Olga, fechou os olhos e esticou o braço até o interruptor do abajur na minha mesinha de cabeceira. Mas a escuridão não durou dois segundos. Olga esticou o braço até o abajur em sua mesinha de cabeceira. Quando a luz voltou, as duas se entreolharam com um ar felino. Olga forçou uma careta de bicho-papão, olhou para o teto e respondeu minha pergunta:

— Era. Mais alguma dúvida?

Achei que se eu fingisse desinteresse, as duas poderiam se sentir desprezadas e logo viriam ao encontro de minha curiosidade. Bocejei e me virei para a parede:

— Vocês estão muito difíceis. Eu vou é dormir. Tchau pras duas.

Olga apagou o abajur, deixou passar um tempo e abriu o livro:

— Nosso pai é descendente de italianos. Nossa mãe era filha de brasileiro com espanhola...

Nesse ponto, Negra interrompeu a irmã:

— Era, não. Ela é filha de brasileiro com espanhola.

E sublinhou o *é*. Olga concordou e continuou:

— Seja lá o que for, quando eu estava com oito anos e Negra com quatro, apareceu lá em casa um primo que morava em Vigo e se apaixonou por nossa mãe. No fim de um mês ela arrumou a mala e ponto final em papai.

Com a voz chorosa e debochada ao mesmo tempo, Negra cantarolou em espanhol o início de uma canção que eu até ali não conhecia: *Para Vigo me voy.*

Olga manteve a gravidade:

— Só que eles não foram para Vigo. Foram para a Áustria. O primo foi ocupar uma vaga de violoncelista na Filarmônica de Viena.

Meu maxilar inferior parecia ter adivinhado o futuro do maxilar inferior de minha mãe, e desabou:

— E nunca mais ela deu notícia?

— Três cartões por ano: aniversário da Olga, meu aniversário e Natal. Você acha pouco?

Olga tentou panos quentes:

— Às vezes ela manda gravações da Filarmônica. Foi assim que eu fiquei conhecendo as sinfonias de Brahms, de Mahler, o *Tristão e Isolda*...

Negra encerrou a noite com duas palavras angustiantes:

— Grandes conhecimentos.

E soluçou. Nessa hora eu me virei para ela e pus minha mão nos seus cabelos. Negra parou de chorar e descansou o braço em minha cintura. E assim, adormecemos.

O domingo foi pior que o sábado. De cinco em cinco segundos, o olhar de Kundry me lembrava o olhar desconsolado do vizinho da frente e me transportava para a plataforma do ônibus. Então, a distância de Petrópolis ao Rio parecia astronômica e eu sofria. Era como se eu fosse um viajante espacial perdido num anel de Saturno, com a alma despedaçada por uma irremediável saudade da Lua. Depois do almoço, Olga nos obrigou a posar para uma série infindável de fotografias: Negra e o pai; Negra e eu; o pai, eu e Negra abraçados; o pai com a Kundry no colo; nós três juntas etc. Terminada a sessão, Negra e eu nos sentamos no terraço, um jardim de inverno repleto de flores pornográficas, cercado de vidro por todos os lados. Com os olhos já meio estiolados, Negra tentava me fazer decorar as providências políticas tomadas por Dom João VI quando chegou ao Brasil. Mas eu só pensava nas providências que tomaria quando chegasse ao Rio, para não ter mais que passar o fim de semana em Petrópolis. Como a vida é traiçoeira. Anos depois, aquela casa decorada à moda dos filmes de vampiros seria meu único refúgio. Às sete e meia da noite, quando saltamos do carro do homeopata e pusemos o pé na rodoviária, minha única tristeza era abandonar a pequena Kundry. Foi quando eu percebi que Negra havia levado um susto. Olga, entretanto, ao ver o mesmo fenômeno que havia assustado a irmã, fez um comentário que me encheu de esperança:

— Isso é que é paixão.

Olhei para o ponto que chamara a atenção das duas e dei de cara com o vizinho da frente, meio sorriso nos lábios, sem o desconsolo da plataforma. Meu coração passou por uma aceleração de uns dez batimentos por minuto. Não fosse a palidez de Negra, eu teria me sentido a moça mais feliz do eixo Rio–Petrópolis. Mas a viagem foi um sofrimento. Eu e ele nos sentamos na frente das irmãs. Por mais que eu me virasse para trás, num esforço sobre-humano para fazer a conversa fluir entre os quatro, nada acontecia. Negra fazia cara de poucos amigos, Olga percebia e ficava sem jeito. De repente — coisa confusa

— eu fiquei com raiva do vizinho da frente pelo fato de ter ido a Petrópolis. Por que cargas d'água fazer aquele papelão, aparecer na rodoviária como uma alma penada? E dali em diante, não dei mais atenção a ele. Ajoelhei-me no banco, debrucei no encosto e fiquei conversando animadamente com Negra e Olga, dando preferência a assuntos dos quais ele não pudesse participar. Comentei os encantos do jardim de inverno, elogiei a sopa de aipo, avisando logo que pediria bis no próximo sábado, e enalteci o clima de Petrópolis, lançando mão dos lugares comuns de sempre:

— Que diferença. O calor do Rio é insuportável. Aqui a gente dorme com cobertor.

Aos poucos, percebi que a fisionomia do vizinho ia reassumindo a tristeza do baile e da plataforma, só que dessa vez havia algum elemento novo, sobretudo na curva das sobrancelhas. No ônibus eu não consegui atinar com o ingrediente responsável pela mudança. Depois, me veio à cabeça um filme que eu tinha visto na televisão, *O retrato de Dorian Gray*. A novidade no rosto dele se assemelhava à primeira mudança ocorrida no retrato do filme. Alguma coisa quase imperceptível, mas verdadeira. E, o que é pior, alguma coisa voltada para o mal. Seria? Quando chegamos ao Rio, Olga pegou um táxi e nos deixou na porta de casa. Ele me deu um boa-noite tão rouco e cortante quanto os monossílabos de Dona Isolda e não me esperou entrar no edifício. Ficamos de mal até quinta-feira. Depois do jantar ele apareceu lá em casa, contou uma anedota à Tia Rosinha, perguntou à minha mãe se ela tinha assistido a um filme que a televisão mostrara na véspera e me perguntou se eu iria a Petrópolis no sábado. Respondi que isso era da minha conta. Ele riu:

— Sinceramente, eu não entendo. Por que é que você ficou desse jeito, depois que me viu em Petrópolis? Qualquer outra pessoa teria gostado.

Depois dessa observação, eu soltei um desaforo do tipo *então vá procurar outra pessoa*, mas por dentro eu queria ser essa outra pessoa a que ele se referia. Queria ter gostado de vê-lo na rodoviária, e eu gostei. No entanto, uma força indefinida me obrigava a mostrar o contrário. Negra? Que poderes teria ela sobre mim? Súbito eu me lembrei do comentário de minha mãe, *se eu fosse você, pelo sim pelo não, tratava de me afastar dela*, mas minhas idéias se embaralharam com a saída peremptória do vizinho da frente, em reação ao meu desaforo. Foi horrível. Ele me deu as costas, cumprimentou secamente minha mãe, abriu a porta e saiu. O ruído de seus passos perdendo-se no corredor me dava a nítida impressão de que ele nunca mais voltaria. Nunca mais nós nos sentaríamos no banco da entrada de seu edifício para conversarmos sobre tudo e o nada que nos faziam felizes. Nunca mais veríamos a claridade da manhã atravessar a área de serviço e tornar inútil a luz elétrica da cozinha. Nunca mais eu maldiria o relógio da sala, aos domingos, quando marcasse dez horas da noite. De repente, meu pensamento abandonou os *nunca mais* que eu fabricava dentro de mim e se concentrou no exterior. Ele já devia estar quase do outro lado, a poucos metros da entrada de seu prédio. Abri a porta da sala, disparei pelo corredor e cheguei ao portão. Ele estava acabando de atravessar a rua. Corri atrás dele e pus a mão em seu ombro. Ele olhou para mim e soltou um longo suspiro de alívio. Foi belíssimo. Parecia que seu mundo havia reencontrado a órbita. Olhei para ele e ri, como se até ali tudo não passasse de uma brincadeira de mau gosto:

— Se isso lhe faz bem, fique sabendo que eu nunca mais vou passar um fim de semana em Petrópolis. Mesmo que eu seja reprovada no concurso para o Normal.

Dali para a frente ficou estabelecido que o vizinho me ajudaria a estudar português, história e matemática. Em vez de nos encontrarmos só aos sábados e domingos, ele iria lá em casa também às terças e quintas. O trato foi acrescido de uma cláusula: Negra seria convidada para estudar conosco. Nas semanas seguintes, ela apareceu quatro ou cinco vezes e depois sumiu. Compreendi por que eu não gostava de Dona Isolda, por que minha mãe não gostava de Negra e por que as pessoas não gostam das outras. Negra jamais gostou do vizinho, sem o menor motivo aparente. O que me atrapalhou o raciocínio foi o *motivo aparente*. E eu? Gostava dele?

As terças e quintas foram caixas de surpresas. Depois que Negra desistiu de estudar em nossa companhia, os estudos começaram a se desenrolar em dois níveis distintos: em cima e embaixo da mesa da cozinha. Em cima, entre livros, papéis e anotações, e embaixo, entre nossos joelhos. Em geral, no fim de meia hora de leituras históricas, análises sintáticas ou demonstrações de teoremas, o joelho esquerdo do vizinho dava uma aula particularíssima ao meu joelho direito. Na primeira vez em que isso ocorreu, fiquei confusa e não saberia dizer se a junção dos joelhos teria sido simples obra do acaso. Mas da segunda junção em diante, as dúvidas se dissiparam e eu encarei a verdade: meu joelho não resistia ao joelho do vizinho. Em pouco tempo, o episódio do joelho sofreu uma evolução. Uma noite, a mão esquerda do vizinho passeou timidamente sobre minha perna direita e, nas sessões seguintes, diversificou os caminhos. Uma vez, eu senti meu primeiro orgasmo e não consegui dormir de tanto ódio. Como era possível o vizinho da frente me desrespeitar daquele jeito? Só outra questão era mais terrível do que essa: como era possível eu permitir que o vizinho da frente me desrespeitasse daquele jeito? Afinal, não havia nada entre nós. Na época, eu achava que para haver alguma coisa entre um rapaz e uma garota como eu, era necessário uma combinação prévia, uma declaração de sentimentos e uma concordância de ambas as partes. Minha visão era meio jurídica, embora o estudante de Direito fosse o vizinho. Mas o fenômeno se repetia. Ele chegava, íamos para a cozinha, meu coração perdia o compasso, ele falava sobre a geometria euclidiana, vinha o orgasmo, meu coração voltava ao normal, os estudos terminavam, ele ia para casa e eu ia para o travesseiro me condenar e alimentar um ódio que não se resolvia.

Em janeiro de 1967, poucos dias antes dos exames, Olga nos convidou para uma festa em casa de uns amigos do Grajaú. O vizinho da frente foi comigo. Como chegamos uns quarenta minutos antes da hora marcada, fomos passear pelas ruas cobertas de vegetação e enfeitiçadas pelo perfume das damas-da-noite. Em certo momento, ficamos em silêncio, de mãos dadas. Naquele instante eu achei que ele ia finalmente me dizer alguma coisa definitiva sobre seus sentimentos. Minha esperança não passou de esperança. O tempo se esgotou e nós fomos para a festa. Negra já estava lá. Os tais amigos de Olga formavam um grupo de ricaços cheios de empáfia, prontos a botar defeito em tudo, a rir de tudo, a desvalorizar qualquer manifestação que estivesse fora do círculo fechado onde eles transitavam. Em cinco minutos de conversa, contavam uma aventura banal vivida em Paris, Londres, Roma ou Nova York, só para mostrar de maneira indireta a familiaridade com aqueles mundos de fantasia. Notei que o vizinho estava encolhendo. Interessante. Se ele se dispusesse a falar com aquela chusma de imbecis, sua vitória seria implacável. Infelizmente, nessas horas ele parecia um lutador de boxe disposto a jogar a toalha antes do primeiro assalto. Mas o pior, ou quem sabe o melhor, aconteceu às nove em ponto. Em meio à algazarra, surgiu um novo convidado. Sua aparição foi saudada pelos demais, inclusive por Olga, com a mesma disposição com que, no antigo Coliseu, a massa desumana saudaria um gladiador vitorioso. Sem dúvida a figura era invejável. Alto, elegante, calça de tropical bege e paletó de linho branco. A cabeça, sempre erguida, ostentava uma escultura de cabelos castanhos alourados, que faiscavam ao se encontrarem com a luz. Olga me disse que ele se chamava Bernardo Morgenstein e tinha vinte e um anos. Assim que entrou na sala, um bando de rapazes e moças pegaram-no pelos braços e o levaram para outra sala, onde havia um piano de meia cauda à sua espera. De início, ele fabricou um esforço para recusar o convite, mas em questão de segundos, sentou-se e silenciou a platéia com uma interpretação escandalosa do *Estudo revolucionário*, de Chopin. Durante o número, passei os olhos no vizinho. Foi constrangedor. Seu rosto não demonstrava nenhuma reação. As gotas de suor escorriam de sua testa descolorida, numa abundância doentia. Mais uma vez meu coração se partiu em dois. Só não se partiu em mais pedaços, porque dez minutos depois do *Estudo revolucionário*, os amigos de Olga improvisaram um baile só para que Bernardo Morgenstein armasse outra revolução, tirando-me para dançar. Aí, seus olhos esverdeados se cravaram nos meus com tanta violência, que eu não pude mais desviá-los para fazer uma avaliação do estado emocional do vizinho da frente. No final da festa, Negra me contou que ele se retirou à francesa, assim que eu comecei a dançar com o concertista. Meu namoro com Bernardo durou uma semana.

Um dia eu consultei Negra, que sempre fazia anotações de tudo, e ela me garantiu que a festa no Grajaú tinha sido num sábado, 14 de janeiro de 1967. Negra se lembrava dessa data porque naquele fim de semana o pai tinha ido a São Paulo receber um prêmio, e ela não foi a Petrópolis com Olga. Mas nada disso vem ao caso. O que importa é que dezoito anos, seis meses e vinte e quatro dias depois, mais precisamente, em 7 de agosto de 1985, uma quarta-feira, o Sr. Bernardo Morgenstein, solteiro, fabricante de móveis para escritório de relativo sucesso, foi encontrado morto no apartamento onde morava, no Leblon, sob suspeita de envenenamento. A notícia vinha acompanhada de algumas indiscrições sobre os hábitos sexuais da vítima. Não houve missa de sétimo dia, como no caso de Gaidinho, devido às origens judaicas do morto.

Capítulo 4

No primeiro sábado, depois que eu terminei o namoro com Bernardo Morgenstein, fui consultar o espelho e levei um fora: eu me achava bonita e me via feia. A exemplo do que havia pensado quando vi a expressão maléfica do vizinho no ônibus para o Rio, associei meu prejuízo fisionômico aos efeitos mostrados no filme sobre Dorian Gray, e resolvi corrigir minha falha. Afinal, eu tinha sido uma víbora na festa do Grajaú. Voltar atrás seria a maneira mais lógica, ou mais simples, de passar uma borracha naquela mancha negra e ressuscitar para uma vida nova, carregada de piedosas intenções. Mas a atitude demandava coragem. Às dez e meia da manhã, num súbito ímpeto de audácia, lavei o rosto, passei uma escova nos cabelos, atravessei a rua e toquei a campainha do apartamento do vizinho. Dona Zora abriu a porta e me mandou entrar. Ele estava no velho piano de armário, onde Dona Isolda torturava os alunos, dedilhando maquinalmente o início de uma sonata de Beethoven. Acho que era a *Sonata ao luar*. Optei pela política do fazer-que-não-via e fui bisbilhotar os bastidores de Dona Zora. Examinei o bordado, elogiei as cores, perguntei que marca de linha era aquela, mas não enxerguei absolutamente nada, nem ouvi uma única sílaba dos comentários da artesã. Quando o vizinho percebeu minha presença, parou de tocar. Dona Isolda, já enterrada na poltrona, assustou-se com a interrupção do piano, fez um esforço hercúleo e ergueu as pálpebras. Assim que deu de cara comigo, emitiu um monossílabo:

— Ah.

Eu disse bom-dia e, como troco, ela deu ao filho uma informação cretina:

— Olha ela aí.

Como quem diz, *eu não falei que ela acabava aparecendo?* Mas a coisa complicou para o meu lado porque o vizinho se levantou do piano e foi para a janela, fingir que olhava para a janela do apartamento em frente. É claro que a cena foi uma reação à minha presença. Contudo, o silêncio explodiu como uma bomba atômica. Aceitei a derrota. O problema agora era eu me retirar do campo de batalha sem ser vista. Que desculpa arranjaria para bater em retirada menos de um minuto depois de chegar? De repente, levei a mão à testa e gritei:

— Ih! Esqueci o gás aceso!

Sem esperar a reação dos moradores, dei meia-volta e desapareci na porta da frente. Enquanto eu aguardava uma brecha entre os carros, para poder atravessar a rua, escutei a voz do vizinho:

— Ei, espera um pouco.

— Esperar o quê?

Sua máscara não era das melhores:

— Por que não faz de conta que eu estava tocando o *Estudo revolucionário*?

Tentei levar na brincadeira:

— Que memória. Você ainda se lembra daquilo?

Sua resposta foi lapidar:

— Aconteça o que acontecer, eu nunca mais vou esquecer aquele momento.

Reparei que suas pupilas estavam apontadas para as minhas, mas não me viam, como se houvesse uma região intangível além de meus olhos, minha alma ou minha essência, para a qual suas palavras fossem disparadas. Senti-me a própria cadela Kundry, ameaçada por uma pantera de Java. Se eu bem me lembro, atravessei a rua assustada, me enfiei na cama e chorei a tarde toda. À noite, por volta das oito, o telefone tocou. Era para mim. Se fosse ele, esta seria a primeira vez que me telefonava. Era ele. Quando ouvi sua voz ensaiando um prólogo de quem vai pedir desculpas, o tema da vitória tornou a soar em meus ouvidos e desliguei o telefone na cara dele. A partir daí, foi um escândalo: o telefone tocou mais de vinte vezes. Minha mãe não tirava os olhos da televisão. Tia Rosinha atendia e me fazia um gesto de súplica, mas não me mexi. Às dez e meia foi a vez da campainha da porta. Quando Tia Rosinha ia abrir, sussurrei uma ordem irredutível:

— Se for pra mim, estou dormindo.

Era para mim e Tia Rosinha disse que eu estava dormindo. Mas assim que ela fechou a porta, eu saltei a seu lado e remodelei o sussurro:

— Diz que eu acordei.

Tia Rosinha balançou a cabeça, abriu a porta, saiu um instante e voltou com o vizinho. Fiquei plantada no meio da sala, com o olhar no teto:

— Que é que você está querendo?

Ele não disse nem sim nem não. Refugiou-se na cozinha e eu fui atrás. Sentou-se calmamente, pegou a última banana que havia na fruteira, descascou-a, deu uma mordida e ficou me olhando, enquanto mastigava. Em seguida, fez pontaria na lata do lixo e jogou fora o resto da banana. Cruzou os braços sobre a mesa e tornou a me olhar:

— Está verde.

Fiz força para ficar séria, mas não consegui. O vizinho ressurgia num de seus melhores dias. Pedi que fizesse um café e ele preparou o melhor café do mundo. Enquanto punha açúcar nas xícaras, passei manteiga na frigideira e tostei quatro fatias de pão. Devoramos tudo como se estivéssemos nos devorando. Depois, rimos da vida e caímos nela. Pena que foi por pouco tempo. De uma hora para outra, ele começou a fazer comentários desabonadores ao modo de tocar de Bernardo Morgenstein, chamando-o o tempo todo de meu ex-namorado. Na verdade, aquilo era um jeito bem humorado de me repetir o que já dissera na rua, ou seja, que ele nunca mais esqueceria aquele fato. Fiquei ofendida, tornamos a discutir e mais uma vez cortamos relações. Nessa ocasião passamos vinte e um dias sem nos falarmos. Mal ele se retirou, minha mãe resolveu dar o ar de sua graça:

— Já está mostrando as unhas? É assim que começa. Enfim, é melhor que seja no início. O mal se corta pela raiz.

Minha mãe nunca devia falar nada. Suas observações tinham o poder de me colocar no lado oposto. Quando ela deu por encerrado o pronunciamento, minha vontade foi correr atrás do vizinho e me arrojar a seus pés, implorando qualquer coisa bem humilhante.

Na segunda-feira, fui correndo contar a Negra as conseqüências da festa do Grajaú. Seu comentário foi simplório:

— Esse rapaz não regula bem.

E o meu foi demolidor:

— E quem regula? Você?

Negra se feriu:

— Ué. Vai brigar comigo por causa desse maluco?

— Você sabe muito bem que ele pode ser tudo, menos maluco.

Ela me deu as costas e eu fiquei em pânico:

— Negra. Nós não vamos brigar. OK?

Ficamos olhando uma para a outra. Depois nos abraçamos. No sábado, retomamos o caminho de Petrópolis em companhia de Olga. Não posso negar que senti falta do olhar comovente do vizinho na plataforma do ônibus. Mas depois, quando reencontrei Kundry, fiquei bem. Mergulhamos de cabeça nos estudos, fizemos as provas no final de janeiro e passamos para o Curso Normal entre os dez primeiros lugares.

No dia doze de fevereiro eu completei dezessete anos. À tarde, fui lanchar com Negra e Olga. Às seis e meia, quando voltei para casa, encontrei minha mãe com a cara amarrada. O que poderia ser dessa vez? Fiz um gesto interrogativo para Tia Rosinha e ela apontou a mesinha redonda entre as duas poltronas: um pequeno embrulho retangular com todas as características de presente de aniversário brilhava sobre o jacarandá. É inútil dizer que meu coração subiu até a boca. Desfiz o laço de fita vermelha, desdobrei o papel metálico e abri a caixinha branca: uma *trousse* dourada em forma de coração, com uma rosa esmaltada em vermelho incrustada na tampa. Em cima, um cartão com a frase: "Parabéns por hoje e pela vitória nos exames." "E logo abaixo: As bananas estão maduras?"

Não eram só as bananas que não estavam maduras. Acho que nós dois também não havíamos amadurecido o suficiente para enfrentar uma carga emocional tão rara quanto a nossa. Hoje tenho certeza de que esses fenômenos excepcionais existem. Eu e o vizinho da frente éramos um deles. No dia seguinte fizemos as pazes e constatamos com uma inevitável nostalgia que, terminados os exames, não seriam mais necessários nossos encontros às terças e quintas. Eu achei que era triste, apesar de cientificamente salutar. Minhas idéias não ficariam mais dando cambalhotas no travesseiro quatro vezes por semana, tentando desculpar o indesculpável. A partir de agora, seriam uma ou duas, no máximo. Uma vez, quando Negra tentou levar comigo um papo de psicanalista a respeito da inutilidade dos complexos de culpa, a conversa não encontrou um pingo de ressonância. A culpa é um calo na minha cabeça. Não adianta. Se eu morrer assassinada, na hora da morte vou me culpar de ter assassinado meu próprio assassino. Mas vamos mudar de assunto.

O Normal trouxe duas modificações. Uma delas foi a redução do tempo que eu passava com o vizinho da frente. Além das terças e quintas, perdi também todas as manhãs de sábado. Eu chegava do Instituto de Educação à uma hora da tarde. Até que eu almoçasse, tomasse banho e me vestisse, batiam quatro horas. Aí eu ligava para ele e nós nos encontrávamos, ou na porta do prédio dele, ou lá em casa, ou no Cinema Fluminense, no final do Campo. A segunda modificação se relacionava com Negra. Em três meses de Normal, o coração do professor de pedagogia sucumbiu aos seus encantos e ela aceitou a corte, de acordo com a classificação de minha mãe:

— Até que enfim alguém fez a corte. Já não era sem tempo.

Quando soube do namoro de Negra, senti que era minha vez de dar o troco. Sempre achei aquele homem o protótipo da antipatia. O nome era de doer: Paulo Narciso. Um dia eu disse a Negra que se toda mulher fosse igual a mim, o Narcisinho seria virgem. Para minha surpresa ela não se ofendeu. Soltou uma gargalhada em quatro oitavas e disse que achava a mesma coisa. O namoro durou o primeiro Normal. Mas o pedagogo aproveitou bem. Só fins de semana em Petrópolis foram uns trinta, com toda a mordomia. Enquanto isso, minha relação com o vizinho, apesar da paz, continuava no mesmíssimo compasso. Eu não dizia nada, ele não dizia nada, mas uma vez nos beijamos. Estávamos conversando sobre os beijos mostrados nos filmes e chegamos à conclusão de que na vida real, ninguém se beijava assim. Quando eu perguntei como seria um beijo na vida real ele logo tentou uma alfinetada:

— Quem deve saber é você.

Passei os braços em seu pescoço e beijei-o demoradamente:

— Agora você também sabe.

Ele ficou branco, verde, amarelo, azul e rosa, mas não adiantou. Prosseguiu me presenteando com orgasmos silenciosos e clandestinos, ofensivos e inadmissíveis. E eu continuei aceitando e desejando. Mas dias piores viriam. Em 1973, sete anos depois de conhecer o vizinho, eu também poderia dizer: quem cometer sete pecados usando um ano diferente para cada um, atingirá o Hades. Pode ser que até 1973 eu tenha cometido muito mais que sete, mas só tenho consciência de seis, incluindo minhas leviandades com Gaidinho e Bernardo Morgenstein, catalogadas como pecados irredimíveis, pela ótica original do vizinho da frente. De cinco eu seria absolvida por qualquer tribunal humanitário. Já do último, tenho cá minhas dúvidas.

O terceiro pecado teve conotação histórica. Ocorreu no finzinho do primeiro Normal, num bailareco do Instituto de Educação. A princípio eu achei que não devia ir, mas Negra fez porque fez e eu acabei não resistindo. Logo que pude, convidei o vizinho para me fazer companhia. Seu rosto tornou a demonstrar as mesmas variações cromáticas de sempre, legitimadas pela curva do ressentimento expressa nas sobrancelhas. Fiquei uma fera. Afinal, ele nunca teve nada comigo, a não ser atitudes pornográficas inconfessáveis, e ali, quando surgia uma oportunidade de estarmos juntos, longe daquela cozinha imoral, ele afivelava uma cara de quem comeu e não gostou. Tratei de não dar confiança. No dia do baile pela manhã, tornei a falar com ele e a reação foi idêntica. Às oito e meia da noite, Olga e Negra passaram de carro e eu surgi como a irmã antipática da Gata Borralheira, enlatada nos paetês e canutilhos inventados por Tia Rosinha. No breve trajeto entre a porta do prédio e o carro, arrisquei um olhar ao edifício da frente. Ninguém. Minha desolação foi tanta, que durante a viagem Olga e Negra perceberam que eu não estava bem. Olga chegou a me perguntar se eu queria voltar para casa. Mas Negra respondeu por mim e garantiu que assim que chegássemos ao baile as coisas entrariam nos eixos. O pior de tudo é que aparentemente entraram. Surgiu uma criatura metida num *smoking*, de estatura mediana, lábios avermelhados numa cara larga e simpática. Tinha vinte e nove anos. Se continuasse naquela progressão, aos cinqüenta ele teria mais anos do que cabelos. Estava terminando o curso de Medicina. Os pais, portugueses freqüentadores da Casa do Minho, ao se casarem formaram o sobrenome Álvares Pereira. Quando o primogênito nasceu, não fizeram por menos: registraram-no como Nuno. E ficou histórico: Nuno Álvares Pereira, uma réplica do antigo Dom Nun'Alvares Pereira, o herói lusitano decantado em prosa e verso, vencedor da Batalha de Aljubarrota. Infelizmente o Nuno moderno perdeu duas escaramuças. A primeira comigo, no fim de seis meses de namoro, quando recusei seu pedido de casamento. E a segunda, agora, dezenove anos depois, em fevereiro de 1986, na véspera do meu aniversário. O Dr. Nuno Pereira tinha acabado de sair da casa de um cliente, na Rua Amarante, um beco sem saída em São Cristóvão, próximo de onde eu morava na infância. Eram dez e meia da noite. Antes de chegar à esquina, um carro deu uma súbita parada e alguém disparou um revólver 38 a menos de três metros. O tiro atingiu a cabeça, bem entre os olhos, e o médico, de acordo com um futuro deboche de Negra, *desinfetou o beco*.

Depois do fim do namoro com Dom Nuno, o filme se repetiu com algumas variações. Por exemplo, o vizinho só voltou a falar comigo no começo de 1969. Negra descobriu que tínhamos feito as pazes quando eu dei uma desculpa e não fui a Petrópolis. Na rodoviária ela comentou:

— Estava demorando. Vai começar tudo de novo. Até quando você vai aturar essa lengalenga?

Felizmente o ônibus saiu antes que eu encontrasse uma explicação convincente. Ela nunca desconfiou que eu ia aturar a lengalenga até o fim dos tempos.

Outra variação do filme foi o abandono da faculdade de Direito. O vizinho não entrou em pormenores. Disse que o prédio da faculdade era muito quente e que não havia condição de assistir a um minuto de aula com aquele calor. Outra causa razoável para a deserção era o baixo nível dos professores a partir do golpe de 64. O certo é que seu comportamento passou por uma séria revisão depois que eu namorei Dom Nuno. De qualquer maneira, ele não conseguia disfarçar a alegria quando ficava perto de mim, embora eu visse nele um sentimento conjugado no futuro do pretérito: eu não sentia que ele me amava, mas sim que me amaria etc. Talvez eu fosse mais sincera se declarasse que percebia naquelas mudanças uma espécie de libertação, ou melhor, uma falta de submissão à minha vontade. No início de 1970, minha irritação se tornou insuportável. No carnaval, minha mãe estava passando bem, apesar de já doente. Tia Rosinha apareceu distribuindo convites para o baile do São Cristóvão e lá fomos as três, ela, Negra e eu, repetir o espetáculo de quatro anos antes. Dessa vez o grande acontecimento foi o vizinho. Com um traje discreto que se aplicaria a tudo, menos a um baile de carnaval, ele dançou a noite inteira ao lado de uma vênus calipígia, de causar inveja à estatuária greco-romana. Quando mostrei o fenômeno a Negra e falei em vênus calipígia, ela fez um comentário digno de aprovação:

— É calipígia demais pro meu gosto.

Depois daquilo só me restava esperar sentada que surgisse um apolo naquele Olimpo e me incluísse entre suas musas. Não deu outra. O apolo apareceu fantasiado de caubói: botas brancas, calça branca, camisa branca e chapéu preto. Para cúmulo da coincidência, seu nome era Apolônio, Luís Apolônio Ribeiro, segundo-tenente da Marinha, servindo no Departamento de Hidrografia e Navegação. Namoramos um mês, ao fim do qual minhas esperanças de me recompor com o vizinho entraram em recesso. Uma tarde, Tia Rosinha encontrou Dona Zora no centro da cidade e ela contou que o vizinho estava apaixonado por uma italianinha linda que morava na Tijuca. A italianinha linda era a vênus calipígia. Seu nome, Ana Paola, os brasileiros diziam Ana Paôla, irritando profundamente o vizinho. Para evitar o contratempo, Dona Zora pediu a Tia Rosinha que me aconselhasse a pronunciar Ana Paula, que era o correto, assim que fosse apresentada a ela. Foi o único minuto de minha vida em que eu senti um profundo desprezo por Dona Zora. Jamais, em tempo algum, eu

52

daria confiança de pronunciar, certo ou errado, o nome daquela putinha. À noite, no travesseiro encharcado, eu previ que minha estrada dali em diante ganharia a mesma inclinação, os mesmos pedregulhos e a mesma poeira sufocante do Calvário. Para completar o quadro, a doença de minha mãe se agravava dia a dia. Do meu lado, só restavam Tia Rosinha e Negra, que não saía lá de casa, às voltas com as injeções intravenosas e com fatias de torta de amêndoas. Uma vez ela me trouxe de Petrópolis uma neta de Kundry, com um mês e meio de nascida. Cabia em minha mão. Batizei-a com o mesmo nome da avó. A pequena Kundry foi outra migalha acrescentada às minhas parcas alegrias.

Meu penúltimo pecado foi o que se pode chamar de antítese do pecado. Em maio, Tia Rosinha ficou aflita com o estado de minha mãe e decidiu fazer uma novena na Igreja de São Januário. Como Negra quase sempre estava lá em casa para as injeções, resolvi acompanhar titia. Nunca fui muito de ir a missas, apesar dos conselhos cristãos de Dona Zora. Mas aquela situação era diferente. Eu tinha consciência da inutilidade da religião diante do fato científico, mas tratava-se de uma tia, desesperada com o sofrimento da irmã, por coincidência, minha mãe. Na segunda noite, antes da oração começar, Tia Rosinha se encontrou com uma amiga, uma tal de Dona Cidéia, acompanhada pelo filho, magro, macilento e ainda por cima completamente míope. Seu nome, José de Arimatéia, além de rimar com Cidéia, estava em perfeito acordo com suas funções de congregado mariano. Quando contei o incidente a Negra, ela foi logo me ensinando que o nome do rapaz era um epônimo, ou seja, combinava com o que ele fazia. Eu só sei que no outro dia, meia hora antes de sairmos para a novena, a campainha tocou. Quando Tia Rosinha abriu a porta, ouvimos suas exclamações:

— É o filho de Dona Cidéia.

Negra deixou cair no chão o estojo com as seringas e levou as mãos à boca para prender o riso:

— O epônimo.

No domingo seguinte, às sete da manhã, José de Arimatéia me convenceu a ir à missa com ele, não só para comungar, mas também para assistir à sua exibição no órgão elétrico, situado num mezanino de madeira, na parte posterior da igreja. Na outra semana, ele apareceu três vezes e tentou me convencer a me tornar filha de Maria. Ele achava que no momento em que eu me elevasse a Deus, minha mãe ficaria curada. Na volta da última sessão da novena, assim que Tia Rosinha entrou em casa, ele quis me beijar. Justamente no instante em que o vizinho saltou de um carro e entrou em casa. Se tivéssemos combinado, a cena não teria saído tão perfeita. Eu não fui filha de Maria, Deus não curou minha mãe, mas deve ter ouvido meus apelos: o epônimo nunca mais deu o ar de sua graça. Naquela noite, eu perguntei a Negra:

— Você acredita em Deus?

Sua resposta se resumiu num movimento labial que queria dizer: isto é hora de perguntar uma coisa dessas?

Pensei em minha mãe e tornei a perguntar:

— Você acredita em vida depois da morte?

Só aí ela resolveu me dar confiança:

— Não sei. Mas eu tenho certeza de que se houver vida depois da morte, as pessoas mortas vão continuar perguntando umas às outras se elas acreditam em Deus. A idéia de Deus é a coisa mais distante entre todas as coisas distantes.

E assim se foi quase um ano de absoluta reclusão. Lembro-me de um dia em que eu estava na fila do ônibus, uniformizada para a aula, e o vizinho passou por mim e fingiu que não me viu, ou não viu mesmo, o que é mil vezes pior. Mas o fato que desencadeou o clímax e o desfecho desse período macabro foi a morte de minha mãe, em janeiro de 1972. No dia do enterro, ele, que morava em frente, enviou um telegrama de pêsames endereçado a Tia Rosinha. E só. Mas isso foi apenas o preâmbulo. Decorridos aqueles dias *post-mortem*, nos quais a casa e os parentes do morto passam pela higienização imposta pela vida, Tia Rosinha, mais viva do que nunca, apareceu com três convites. Como sempre, havia um carnaval em seu destino. Depois de me convencer sem muito esforço a lhe fazer companhia, fizemos a convocação de Negra e ela, como nos outros carnavais, largou Petrópolis nas mãos de Olga. No baile de domingo, deixamos Kundry com a vizinha do 104, com quem ela já fizera amizade, e fomos para o São Cristóvão. Também no baile houve diferenças de comportamento. Não passei pelas mesmas emoções de outras vezes, talvez devido à morte recente de minha mãe. O vizinho não estava lá. De repente, um pirata baixinho e musculoso, com uma cara de galã de subúrbio, me arrastou para o cordão. Não sei o que aconteceu comigo. O pirata fez de mim gato e sapato. Depois, Negra me disse que eu parecia uma boneca da Estrela, tal a minha falta de reação. Nos cantos escuros, fora do salão, ele me beijava, amassava meus seios, punha as mãos onde não devia, e eu, nada. Não sentia nada, nada de nada. Era como se estivesse mais morta do que minha mãe. Meu desinteresse foi tanto que eu não perguntei o nome do pirata, nem ele perguntou o meu. Apenas quis saber meu endereço. No final, marcou um encontro comigo na quarta-feira de Cinzas às oito da noite, na porta do meu edifício. Um minuto antes de sair para o encontro, Tia Rosinha, que havia assumido as responsabilidades de minha mãe, perguntou o que é que o pirata fazia na vida. E eu, para evitar conflitos, menti. Disse que ele estava no último ano de Engenharia. Tia Rosinha arregalou os olhos em sinal de aprovação e eu saí de mãos dadas com o pirata anônimo. Às dez horas, quando voltei para casa e vi o vizinho no outro lado, parado na porta do edifício, tive certeza de que ele havia me visto. Naquela noite, o travesseiro me deu a maior surra de todos os tempos. Não dormi um segundo. A visão do vizinho naquele momento descolorido fez renascer todos os instantes que passamos juntos. Já de madrugada, sentada no vaso para o milésimo xixi da noite, cheguei à conclusão de que seria a mais desgraçada das mulheres se eu o perdesse para sempre. Dias antes, Tia Rosinha apareceu com as novidades de Dona Zora. Parece que Dona Isolda estava morta de raiva com a idéia do casamento do filho com a vênus calipígia. Como fecho da notícia, Tia Rosinha impostou a voz:

— Eu acho que já estão noivos.

E ficou me olhando com o rabo do olho. Foi justamente aquele rabo de olho em direção à minha tristeza que fez Tia Rosinha planejar uma reaproximação com o vizinho. Na sexta-feira à noite, ela ficou plantada no portão do prédio até as tantas. Eu fui para a cama. Poucos minutos depois, ela entrou em casa conversando com alguém em voz baixa. Era o vizinho. Foi um momento decisivo. Eu pensei comigo, ou agora ou nunca, e optei pelo agora. Vesti uma roupa qualquer e entrei na sala fingindo que havia acordado. Ao ver o vizinho, ensaiei uma expressão de surpresa, parei no meio do caminho e pedi a Tia Rosinha que me desse um copo d'água. Assim que ela foi à cozinha, eu me virei para ele e, sem saber o que fazia, decidi minha vida:

— Quer dizer que o senhor vai se casar com uma italiana.

Ele manteve a calma:

— Pensando bem, acho que você devia fazer a mesma coisa.

O máximo que sua observação conseguiu foi me dar uma chance de mostrar bom humor:

— Você está me aconselhando a casar com uma italiana? Logo eu, que já me livrei de um descendente de italianos? Era só o que faltava.

Quando Tia Rosinha voltou com a água, compreendeu a situação, deu boa-noite e foi para o quarto. O vizinho atirou-se numa das poltronas e eu me sentei em frente a ele. Mais tarde, eu compreendi que a lembrança daquela noite, junto à posição em que ficamos, mais o diálogo que travamos formaria um fenômeno indelével em minha existência. Eu havia decidido que aquele momento seria decisivo. E foi. Assim que minha tia saiu, ele analisou meu gracejo:

56

— É claro que você me entendeu. O que eu acho — se é possível alguém achar alguma coisa — é que você devia se casar. Afinal, você agora está trabalhando, é professora etc. etc. E nada melhor para uma professora do que se casar com um médico ou com um militar. Pelo que me consta você já perdeu duas oportunidades e tanto. Um cardiologista e um segundo-tenente da Marinha. Foi ou não foi? Por que é que você não se decidiu por um deles?

De início, fiquei assustada com os conhecimentos do vizinho a respeito de meu passado e, sobretudo, da profissão de meus ex-pretendentes, mas logo me ocorreu que eu também sabia tudo a seu respeito. Era evidente que a ponte estabelecida entre Tia Rosinha e Dona Zora funcionava em mão dupla. Assim que ele terminou o discurso, colorido por uma ponta de ironia, resolvi optar pela seriedade:

— Eu não me decidi por nenhum deles porque não é bem isso que eu quero. O único homem com quem eu me casaria está de casamento marcado com uma italiana de bunda grande. Compreendeu ou quer que eu explique?

Até ali, esse tinha sido meu ato de maior coragem. A conseqüência imediata foi um silêncio que só terminou quando eu recobrei o fôlego e a palavra:

— E agora? Fazemos um minuto de silêncio pela morte de quem? Ou de quê?

O vizinho me olhava com a boca entreaberta, emocionado:

— Desde o primeiro dia em que eu vi você, nunca pensei que fosse escutar isso.

Minha réplica foi das mais vulgares:

— Pois é. A vida tem dessas coisas. E agora?

Não havia mais espaço para frases imaginosas. Sem se mexer na poltrona, o vizinho disse que me amava e eu, sem me mexer na cadeira, ouvi ele dizer que me amava. Foi uma sensação de felicidade pesada, porque brotava de uma infelicidade desfeita. Nesse ponto, eu notei que ele estava trêmulo:

— Você me espera até eu desfazer o compromisso com a italiana?

Senti alguma dificuldade em responder, mas acabei dizendo que sim. O vizinho se levantou e me pegou pela mão. Quando tentou me beijar, eu virei o rosto. Ele entendeu e me soltou:

— Posso voltar amanhã?

— Isso é com você.

No dia seguinte, sábado, ele apareceu no início da noite. Pegamos um ônibus e fomos até Ipanema. Tudo era felicidade. Passeamos de mãos dadas pela praia e tomamos sorvete. Depois, sentamos num banco e trocamos todos os beijos que devíamos um ao outro. Mais tarde, no travesseiro, passei uma noite de pura leveza. Mas acordei angustiada. Por que, meu Deus? Por que motivo minha cabeça não funcionava como as cabeças que funcionam? A cada minuto, o domingo foi-se tornando um inferno, povoado por todos os demônios a que tinha direito. Achei que nada daquilo devia ter acontecido. Entrei em pânico ao pensar em compromissos irreversíveis com o vizinho. Pus em dúvida meus sentimentos com relação a ele, e os dele com relação a mim. Achei que o melhor seria consultar Negra. Achei que o pior seria consultar Negra. Às seis horas me meti no banho. Às seis e meia fui para o meu quarto e pus um vestido de linho amarelo, presente de aniversário de Negra. De lá eu ouvi Tia Rosinha abrindo a porta para o vizinho. Olhei o relógio. Cinco para as sete. Foi aí que eu me lembrei de que o pirata suburbano, cujo nome até ali eu não sabia, tinha marcado outro encontro comigo naquela hora, em frente ao edifício. Esperei pelas sete horas. Então, saí do quarto, passei pelo vizinho sem olhar para ele, abri a porta e fui me encontrar com o pirata, já à minha espera na calçada. Depois, de mãos dadas, saímos em direção ao Campo de São Cristóvão. Alguma coisa me dizia que o vizinho estava me vendo. Mas não virei o rosto para me certificar.

Em 1973, eu e o vizinho nos casamos .

CAPÍTULO 5

S E EU FOSSE MILIONÁRIA, faria a independência financeira do psicanalista que explicasse meu comportamento naquele dia. Por que será que eu me senti na obrigação de fazer aquela desfeita ao vizinho? Sim, porque não há dúvida de que fui obrigada. Eu nunca faria aquilo por minha livre e espontânea vontade. Houve uma força poderosíssima que atuou sobre mim na noite de sábado para domingo, até me dominar por completo na hora em que me lembrei do encontro com o pirata. Se dissesse que durante o passeio pelo Campo de São Cristóvão eu não abri a boca, ninguém me levaria a sério. O pirata não deu pela coisa. Em certo momento, largou minha mão e pôs o braço em volta do meu pescoço. Quando tirei aquele peso de cima de mim, ele deve ter percebido que sua presença não estava agradando. Claro. O pirata era apenas um boneco de corda que eu havia usado para mostrar ao vizinho que ele podia tirar o cavalo da chuva, que ele nunca reinaria sobre minha vontade, principalmente com aquele atrevimento silencioso. Se ele me amasse mesmo, teria de se ajoelhar aos meus pés e suplicar um átomo do meu amor. Pode ser que aí, eu até lhe oferecesse toda a minha paixão. O mais engraçado — para não dizer o mais trágico — é que nas cinco noites seguintes, eu tornei a dar uma volta no Campo com o boneco de corda e, diante da reação do vizinho, reformulei minhas intenções iniciais: se eu fosse milionária, não faria a independência financeira do psicanalista que explicasse meu comportamento naquele dia. Faria a minha. Nas cinco vezes, quando voltei para casa, esbarrei com o vizinho à minha espera, na mais humilhante clandestinidade, no *hall* de entrada do edifício, meio escondido por uma coluna. Nas duas primeiras vezes, ouvi sua voz, reduzida a um zumbido de mosca, me dando satisfações a respeito do destino da italiana. Ele tinha acabado o romance com a vênus calipígia. Naturalmente exigia de mim comportamento igual com relação ao pirata. Só na quinta noite eu satisfiz suas expectativas: passei por ele sem lhe dirigir um olhar e fiz a comunicação:

— Já terminei tudo com esse cara. Agora vê se me deixa em paz.

Quando Negra fez suas conjecturas sobre a idéia de Deus, e considerou-a a mais distante de todas, ela se esqueceu de outras idéias distantes. Por exemplo, deixar alguém em paz é uma idéia tão distante que acaba se tornando indefinível, impalpável, imperceptível. Quando eu disse ao vizinho *agora vê se me deixa em paz*, ele poderia entender que minha vontade era vê-lo afastado de mim. Mas de acordo com minha conceituação, o vizinho só me deixaria em paz a partir do instante em que ele nunca mais me deixasse em paz, isto é, que ele nunca mais se afastasse de mim. E, para meu infortúnio, naquela noite eu descobri a crueza da realidade onde estava metida. Eu havia despachado o vizinho depois de submetê-lo a uma estúpida humilhação e agora, no travesseiro, só desejava encontrar um meio de voltar atrás e refazer seu contrato comigo. A princípio me assustei, porque se passaram quatro dias e ele não deu as caras. Realmente o vizinho estava me deixando em paz. No quinto dia, resolvi agir minha vida. Às cinco da tarde, tomei um banho de uma hora em água morna, e outro de cinco minutos em loções nacionais. Em seguida ajeitei os cabelos, vesti uma calça *jeans* nova em folha, uma blusa branca de palha-de-seda, calcei uma sandália vermelha de salto nove e fui contar a verdade ao vizinho, coisa que eu devia ter feito desde aquela segunda-feira de carnaval, em 1966, quando chegamos em casa depois do baile. Enfim, antes tarde do que sempre. Toquei a campainha. Por sorte foi ele que abriu a porta. Fiz um gesto convidando-o a me acompanhar e ele veio. Na rua, para não perder o costume, tomamos a direção do Campo de São Cristóvão. Estava uma noite esplendorosa. Peguei sua mão e disse tudo que eu sentia desde o início. Falei do meu amor e de minha decepção com seu silêncio. Enumerei minhas angústias durante aqueles anos. Procurei descrever a oposição entre o prazer e o desconforto, causada por suas ousadias sexuais. Por fim, eu me ofereci a ele como mulher, para o resto de nossas vidas. Depois me ocorreu que o resto de uma vida é outra idéia distante. Mas ali eu não medi esforços nem palavras. O importante era falar, botar em pratos limpos todos os sentimentos. Falar sério. Se tivesse marcado no relógio o momento em que parei de falar, hoje eu poderia dizer o dia, a hora, o minuto e o segundo em que iniciamos o noivado.

Enfim, comecei a achar que o amor estava fluindo em cada passeio pelo Campo, em cada cinema, em cada beijo, em cada um dos orgasmos subseqüentes, agora legalizados. Eu ainda não percebia que nosso histórico amoroso, apesar de ter passado por um súbito enriquecimento, só teria continuidade, se a linha seguinte fosse iniciada por uma conjunção adversativa: mas, porém, todavia etc. E, infelizmente, as conjunções adversativas não são idéias distantes. Há conjunção adversativa em tudo, até na música, de acordo com uma brilhante demonstração do próprio vizinho, usando como exemplo uma inocente mazurca de Chopin. Negra, assim que concluiu o Normal, entrou para a faculdade de Letras, a fim de estudar literatura. Quando contei a história da conjunção adversativa contida na mazurca, ela achou a observação fabulosa e passou um tempo com a mania de identificar símbolos adversativos em qualquer melodia, incluindo o *Atirei o pau no gato.*

Mas falar sobre isso nessa altura seria colocar o carro adiante dos bois. O que interessa, por enquanto, é que depois de abandonar a faculdade de Direito, o vizinho se voltou de corpo e alma para a matemática e se matriculou numa escola de Estatística. Quando Tia Rosinha se convenceu de que finalmente nós estávamos namorando com o firme propósito de nos casarmos, falou com um colega do Ministério da Fazenda, dotado de poderes extraterrenos, e o vizinho empregou-se numa empresa de capital misto recém-fundada, com um salário que dava para comprar os móveis em suaves prestações. Nessa época ocorreu um fato capital na incrementação das chamas de meu futuro inferno: uma frase dita por Tia Rosinha, num momento de bom humor. Anos depois, quando sobreveio o desastre acarretado pelas palavras de minha tia, Negra, afogada em fenomenologia e cada vez mais impregnada pela essência real dos fatos, corrigiu minha narração à sua moda:

— Você é muito ingênua. Tia Rosinha não disse uma frase.
— E ressaltou o *disse.* — Ela simplesmente cometeu uma verdade. — E ressaltou o *cometeu.*

Tendo ou não razão, eu sempre achei que tanto o vizinho quanto Negra exageraram. Para mim, o episódio não teve grande importância. Foi assim: no primeiro sábado em que o vizinho apareceu lá em casa como namorado oficial, Tia Rosinha entrou na sala com uma bandeja de café e pãezinhos de queijo, coisa que antes não havia. Sentou-se alguns minutos em nossa frente e desencadeou os comentários tradicionais que só fazem a alegria do autor: até que enfim, quem diria, depois de tanto tempo, os dois pombinhos, essas coisas envergonhativas. Nessa época, o vizinho ainda trabalhava no banco, e seu ordenado era quase o salário mínimo. Passados cinco minutos de baboseiras, Tia Rosinha se levantou e, nesse momento, disse — ou cometeu — a frase que ficaria tragicamente histórica:

— Muito carinho com essa moça. Ela chutou um engenheiro pra ficar com você.

Só aí eu me lembrei de ter mentido para ela a respeito da profissão do pirata. Mas não voltei atrás, o que teria sido uma solução recomendável. Como se diz hoje em dia, achei melhor ficar na minha. Quando titia saiu, o vizinho comentou com um sorriso amarelado:

— Sua Tia Rosinha tem cada uma... aquele sujeito era engenheiro? Significa que você desprezou um engenheiro pra ficar com um merda. Não foi isso que ela quis dizer?

Foi tão desagradável que eu não dei resposta. Abracei o vizinho e beijei-o do modo mais sincero que o meu amor possibilitava. Depois das carícias ele não voltou a tocar no assunto. Além do mais, alguns meses antes de nos casarmos, Tia Rosinha teve um gesto de grande nobreza que apressou o casamento. Meu salário de professora me dava um ódio mortal de ter seguido os conselhos de Negra, ao passo que o salário do vizinho só era suficiente para a mobília do quarto. Ao ver nossa dificuldade para alugar um apartamento, Tia Rosinha sugeriu que nós morássemos com ela, alegando — aí vem a nobreza — que não suportaria ficar sozinha, principalmente agora que estava envelhecendo. Por outro lado, com o quarto de minha mãe vazio, seria um desperdício. Os móveis podiam ser antiquados, mas eram de imbuia maciça:

— Seu pai não fazia por menos.

No dia 5 de outubro de 1973, uma sexta-feira chuvosa, o vizinho começou a ser meu marido. O casamento foi só no civil. Primeiro, porque não mantínhamos vínculos religiosos e segundo, porque não dispúnhamos de dinheiro suficiente para casar numa igreja. Mas de qualquer maneira eu achei bonito. Só Dona Zora se queixou da falta de fé, embora tenha bordado seis lençóis de cretone — dois azuis, dois amarelos e dois brancos — e doze fronhas nas mesmas cores. Dona Isolda não se manifestou e, em se tratando dela, não se manifestar era uma forma de manifestar-se contra. Negra não pôde ir ao cartório. Olga representou-a com um presente debochado: um livro de receitas hipocalóricas. Como sempre ela não deixava de ter suas razões. No período de noivado, meu marido tinha engordado um pouco. Talvez, devido à tranqüilidade emocional. Mas com um mês de casado, estava com um excesso de nove quilos. Não chegava a ser indecente, mas preocupava. O livro de Negra foi providencial. Eu tinha conseguido uma transferência para uma escola perto de casa. Saía às quinze para as sete da madrugada e voltava às onze e meia. Com o máximo de animação, corria para a cozinha e aprontava sua dieta seguindo as receitas de Negra. Ao meio-dia e pouco, quando ele chegava para almoçar, a mesa já estava posta com salada de tomates, aipo e rodelas de cebola, falsa maionese de iogurte com gema cozida, um bife de grelha de noventa gramas e uma laranja, descascada e cortada em pequenos pedaços. Às vezes, eu me dava ao trabalho de passar duas horas no fogão, preparando uma compota de maçãs sem um grão de açúcar. Ele adorava e eu adorava que ele adorasse. O único senão a perturbar as refeições era Kundry. Meu marido não gostava que ela ficasse perto da mesa estendendo as patinhas à espera de migalhas. Na verdade, ele não gostava dela nem ela dele. No início, os dois só não se engalfinhavam porque eu me colocava entre eles e apaziguava os ânimos. No fim de três meses, os conflitos cessaram e a indiferença tomou conta dos dois. Mas para esclarecer a situação, eu arriscaria dizer que meu marido e minha cadela nunca se falaram. Quanto à dieta, tudo em ordem. Na esquina mais próxima de nosso apartamento havia uma farmácia com uma balança na entrada. Toda segunda-feira, na volta do trabalho, meu marido se pesava e, com uma alegria infantil, vinha correndo me contar que havia perdido mais um quilo. No fim de quatro meses, o livro de

Negra cumpriu sua finalidade: meu marido tinha atingido o peso ideal, ou seja, virou um galã. Um metro e oitenta, setenta e seis quilos, cabelos negros, com têmporas esbranquiçadas e, para completar, guarda-roupa decente. Só como ilustração, um sábado ele foi me apanhar no trabalho. Uma professora novata, assim que o viu parado no portão, correu esbaforida para a sala dos professores, anunciando a presença de um *pão* nas imediações da escola. Fui ver. Era ele.

Apesar de tudo, no fim de um ano começaram as vinganças. Há pouco tempo, Negra me expôs uma das várias teorias a respeito de nossa vida conjugal. Ela jura que sempre viu na minha ligação com meu marido uma associação meio corrosiva, cuja finalidade inconfessada seria a prática bilateral da vingança. Para tornar a teoria irrefutável, ela cita mil obras literárias onde o fulcro da comunicação é a vingança. Um de seus títulos prediletos é *O Conde de Monte-Cristo*, um dos grandes sucessos da literatura de consumo. Sempre que ela acaba de dar o exemplo, faz um comentário inevitável:

— Se algum dia você quiser escrever um livro para estourar a banca, use a vingança como ingrediente principal. É tiro e queda.

Em 1974, meu marido poderia ter escrito o dele. Mas nem estouraria a banca, nem seria tiro e queda. Quando muito, seria apenas tiro. Mesmo assim, fiquei gravemente ferida, apesar de se tratar de um tiro cego, como se diz nos noticiários policiais, quando o atirador não faz pontaria. O certo é que com ou sem pontaria, fui atingida pelas costas. Uma sexta-feira, ele avisou que chegaria mais tarde porque ia haver uma dessas festinhas entre os funcionários, em comemoração ao primeiro aniversário da empresa. À meia-noite, ele voltou no mais civilizado estado de sobriedade, definindo o evento como um exemplo típico de alienação e jurando por todos os santos que em outra do gênero ele não cairia. De fato, não caiu. Aquela foi a primeira e última festa empresarial a que compareceu. Depois das reclamações, jogou a roupa numa cadeira, tomou um banho de vinte minutos e veio para a cama. Um segundo antes de cair num sono paradisíaco, me confortou com um beijo funcional. No dia seguinte levantei antes dele. Fui ao banheiro, fiz xixi, lavei o rosto, escovei os dentes e, quando ia dar a descarga, vi no chão, a três centímetros do vaso, um pedacinho de papel amarelo amarrotado, equivalente a um terço dessas folhinhas de rascunho que os funcionários burocratas têm sempre à mão, para anotar endereços, fazer pequenas contas, redigir lembretes, rabiscar abstrações enquanto falam ao telefone ou escrever bilhetinhos como aquele, cuja importância devia ser tão mínima que, depois de rasgado em três pedaços, tinha sido atirado na privada. Restou, entretanto, sobre os ladrilhos, uma das partes, que o sono ou o descuido preservaram, para que eu de manhã a encontrasse e ficasse quebrando a cabeça vários dias, tentando desvendar o recado inteiro, a partir do que sobrou: os finais das linhas manuscritas, ainda legíveis. Ufa, quase perdi o fôlego. Na primeira linha, só havia um *do*, seguido de dois pontos. Na segunda: *tidão*. Na terceira: *r será eterno*. E na última: *ola*. Em duas tardes decorei tudo: *do, dois pontos, tidão, r será eterno* e *ola*. Mas o papel ficou em minha bolsa. Na semana seguinte, fui visitar Negra. Já fazia um mês que não a via. Como sempre, foi um escândalo. Ela revelou em forma de deboche que sua vida havia entrado nos eixos, assim que se convenceu de que nossa separação — minha e dela — era definitiva. Ri sem muita convicção, uma vez que eu a visitava com segundas intenções. A primeira das segundas era propor o problema do bilhete rasgado. Logo que ela voltou da cozinha com o chá de pêssego, não agüentei. Negra pousou o bule na bandeja e desabou na poltrona com o pedaço de papel amarelo a trinta, vinte, dez, quinze e quarenta centímetros dos olhos. Depois, segredou para si própria alguma coisa parecida com o nome de uma obra literária:

— *O escaravelho de ouro.*

Fiquei curiosa, mas ela não olhou para mim:

— É um conto do Allan Poe. O personagem tem que decifrar uma mensagem em código. Só que no original, em inglês, cada letra tem um símbolo diferente. Quando o sujeito vê dois símbolos lado a lado, conclui que podem ser dois *ee* ou dois *oo* ou ainda dois *rr* etc. No conto, a mensagem tem todas as letras, e aqui só temos algumas. Deixa eu ver.

Depois de tentativas a olho nu, ela se levantou, foi até a escrivaninha e voltou com uma lupa. Antes que o chá esfriasse, Negra arregalou os olhos. Foi como se as retinas encantadas iluminassem o desconhecido:

— Acho que matei a charada. Você não vai se aborrecer? Preste atenção. O *do* com os dois pontos pode ser *querido*. Está certo? O *tidão* está com cara de *ingratidão*. Que outra palavra você conhece terminada em *tidão*?

Sem quê nem pra quê me vieram à cabeça meia dúzia delas:

— Multidão, certidão, prontidão, lentidão, exatidão, aptidão.

Negra se assustou:

— Puxa, que aptidão para encontrar *tidões*.

Eu já estava a ponto de me vangloriar, quando ela fixou o olhar em mim e, assumindo uma inesperada seriedade, declamou o bilhete inteiro, como se estivesse lendo:

— *Querido: Não suporto sua ingratidão mas o meu amor será eterno.* Assinado: *Ana Paôla.*

Minha cara caiu no chão:

— Ana Paola? A italiana?

Negra balançou a cabeça de cima para baixo e inventou um título de ficção que definia a realidade:

— *A volta da vênus calipígia.* Você sabe muito bem que há muitos homens por aí que não resistem a bundas. Ele terminou o caso com a vênus, mas ela ficou devendo. Agora chegou a vez da cobrança. Ela topou? Então, minha filha, enquanto o amor dela for eterno, ele cobra a dívida.

Suspirei. Negra serviu o chá e o assunto morreu. Para refazer o ambiente, ela me contou que Olga estava de viagem marcada para Viena, com a finalidade de ver a mãe. Meus comentários foram tão econômicos, que Negra deu um passo atrás:

— Olha aqui, garota. Você não vai agora ficar com essa cara de sexta-feira santa pra cima de muá. Isso tudo que eu disse é mera suposição. É mais ou menos como o tarô. As pessoas inventam as regras. O que a gente faz é seguir todas elas, ou algumas, sei lá. O bilhete poderia ser assim também, ó: *Seu mal-agradecido: bem-feito pela prontidão. Meu rancor será eterno. Vou envenenar sua coca-cola.*

Dei um sorriso forçado, como fazíamos no ginásio para sublinhar a falta de graça. Negra me atirou um beijo e, quinze dias depois, Dona Zora descobriu que ela estava certa. Mais uma vez, a ponte Zora–Rosa entrou em ação, a verdade veio à tona e Tia Rosinha me abriu o olho. A partir desse ponto em diante, já estou de novo na casa de Negra, me preparando para outro chá de pêssego, agora acompanhado pela torta de amêndoas. Como se pode deduzir, a ponte Zora–Rosa foi inaugurada por ela, depois de minha reportagem:

— Você não pode imaginar o que aconteceu. Aquela Tia Zora pode ser branca, baixa, balofa e beata, mas não é burra. Meu marido passou uns dias indo direto pra casa da mãe quando voltava do trabalho. Mal ele chegava, o telefone tocava. Ele corria pra atender e era sempre pra ele. A antipática da Isolda não percebeu nada, mas Tia Zora acabou perguntando e ele contou que a italiana estava procurando encrenca. Aí, Tia Zora, muito viva, se ofereceu pra ajudar. "Se você não se importar, deixa comigo que eu resolvo. Você sabe que eu não tenho papas na língua. Amanhã, assim que ela ligar, eu atendo. Olha aqui, sua infeliz. Trate de deixar meu sobrinho em paz. Ele agora é um homem casado. Você tem que respeitar. Por que não vai procurar uma igreja pra se comungar?" Aí, minha filha, meu marido subiu pelas paredes e disse a ela pra não se meter na vida dele. No dia seguinte, ela encontrou Tia Rosinha e contou tudo, botando a culpa na italiana, como não podia deixar de ser. E agora, o que é que eu faço?

Negra tomou um gole de chá e fez um muxoxo existencialista:

— É cada uma que acontece. As pessoas se deixam cair em armadilhas com todo mundo vendo, todo mundo avisando...

— Que armadilha, Negra?

— Você ainda pergunta? Será que já se esqueceu de quando eu lhe disse que esse rapaz não regulava bem? Casar com ele foi ou não foi uma armadilha? Confessa.

— Mas eu estava apaixonada por ele.

— Estava?

— Estou.

— Mesmo depois dessa prova de mau gosto? Preferir aquela mafiosa a você é o que se pode chamar de cafonice à calabresa. É preciso muito estômago.

— Estômago eu teria se não me casasse. O que é que eu estaria fazendo agora?

Negra desviou o rosto:

— No mínimo, estudando literatura na faculdade e tomando chá com torta de amêndoas comigo. Seria muito melhor do que ficar bisbilhotando privadas à procura de bilhetes traiçoeiros.

Desviar o rosto não foi suficiente para despistar a mágoa contida em suas palavras. Tentei trazê-la de volta à realidade:

— Que é que você acha que eu devo fazer?

Negra afogou a mágoa numa crueldade:

— Calipige-se.

Durante a viagem de volta para casa eu não sabia se pensava no caso da italiana com meu marido ou na mágoa de Negra pelo meu casamento. De qualquer maneira a situação só se prolongou por uma semana. Nesse ponto eu sou obrigada a citar Carlos Augusto, o tal primo de Gaidinho: *o destino, você sabe como é, ninguém escapa*. Numa quinta-feira, às sete e pouco da noite, o ônibus que trazia Tia Rosinha do Ministério da Fazenda enguiçou no Campo de São Cristóvão, em frente ao Cinema Fluminense. Mal ela colocou o pé na calçada, tropeçou em meu marido, de mãos dadas com a italiana, numa exibição de cafonice calabresa. Para completar a cena, ele percebeu que Tia Rosinha tinha visto e ficou furibundo. Mais uma vez, minha tia teve um gesto de nobreza: chegou em casa e não comentou o episódio. Meia hora depois ele apareceu cuspindo fogo, com o dedo indicador na cara dela:

— A senhora vê tudo à sua maneira. O que eu estava fazendo era tentar provar àquela idiota que não há mais nada entre mim e ela, desde que eu me casei.

E aí, me incluiu como ouvinte:

— Se vocês ainda não sabem, fiquem sabendo. Eu não agüento mais os telefonemas dessa... dessa... sei lá o que, diariamente, aborrecendo Tia Zora, minha mãe, todo mundo. Mas agora eu botei uma pedra em cima. Ela não vai ter cara de me ligar de novo.

O filme só acabou no domingo, da maneira mais inesperada que eu poderia imaginar. Quando eu contei o final a Negra ela ficou em silêncio, analisando. Em seguida, veio com uma ponderação literária:

— Se qualquer autor escrevesse esta cena como desenlace de algum enredo, a crítica diria que o conto ou o romance estariam pessimamente escritos.

Resumindo, quem pagou a conta foi Kundry, minha cadelinha bassê que só conversava comigo e com Tia Rosinha. No sábado, meu marido inventou que ela não estava bebendo água. Ligou para o veterinário, conversou dois minutos e nos garantiu que a cadela estava com sintomas de hidrofobia. Perguntou se nós a havíamos vacinado quando Negra a trouxe de Petrópolis. Nós nunca pensamos em vacinar Kundry. Ela parecia estar entendendo a conversa. A partir daquele momento não se mexeu mais. Tentei pegá-la no colo e ele me impediu, alertando para o perigo que aquilo representava. No domingo ela continuou a recusar água ou qualquer outro líquido. Ao meio-dia ele saiu e voltou uma hora depois com uma lata de soda cáustica. Fiquei desesperada. Implorei que não fizesse aquilo sem levá-la ao veterinário. Disse que uma conversa por telefone não era suficiente. Mas ele não deu ouvidos. Prendeu Kundry num caixote e meteu uma colher de soda cáustica em sua boca. Ela gania sem parar. Seu sofrimento me deu uma súbita coragem. Avancei para ele com a intenção de defendê-la, mas um empurrão violento me deixou estatelada no chão da cozinha. Num relance, vi o rosto amedrontado de Tia Rosinha, na sala, fazendo sinal para que eu me mantivesse quieta. Dez minutos depois, Kundry continuava a ganir. Sem dizer uma palavra e absolutamente calmo, ele abriu uma gaveta do armário e tirou uma pequena faca de cortar legumes. Eu fechei os olhos. Meu coração estava a pique de explodir. Durante um século, Kundry ganiu mais forte e foi parando até silenciar por completo. Eu senti a urina escorrendo pelas pernas. Quando abri os olhos, ele já estava na cozinha, lavando a faca na pia. Não era um punhal, mas era um prenúncio.

Naquela noite, ele foi outra vez à rua e voltou com uma novidade: um maço de cigarros. Depois, sentou-se na cozinha, no mesmo lugar onde nós conversávamos antes de nos casarmos e, sufocado por uma tosse martirizante, fumou um cigarro atrás do outro. Às duas da madrugada fui ver como ele estava. Assim que notou minha presença, começou a chorar.

CAPÍTULO 6

MEU MARIDO era louco por música erudita. No princípio eu dizia às minhas colegas que ele gostava de música clássica, até que um dia fui corrigida. Com muito jeito, ele me explicou que apenas uma parte da música erudita era clássica. Toda música erudita composta mais ou menos da metade do século XVIII até o começo do XIX podia ser chamada de clássica, desde que apresentasse certas características. Aí ele punha um disco de Mozart para eu ouvir e compreender as características. Eu dizia que compreendia mas era mentira. Meu ouvido nunca foi musical. Durante os estudos de literatura, Negra passou a se interessar por música erudita. Levava horas escutando os discos que sua mãe enviava da Áustria. Mas sempre que eu ia visitá-la, a primeira coisa que fazia era desligar o aparelho de som. Ela dizia que se uma pessoa gostasse realmente de música, não conseguiria conversar com um disco tocando ao fundo. Música tinha que ser em primeiríssimo plano. Apesar dessa coincidência musical, meu marido e Negra nunca se viram com bons olhos. Principalmente depois da morte de Kundry. Quanto a mim, dois dias foram suficientes para aceitar a história da hidrofobia. Além do mais, sua morte funcionou como um apagador no quadro negro da italiana: meu marido não tornou a vê-la. Um ano depois, a ponte Zora–Rosa me informou que ela havia casado com um mecânico de automóveis. Mas Negra viu no tarô que a hidrofobia de Kundry não passava de um truque do primeiro arcano, o Mago. E aí, classificou o gesto de meu marido como assassinato. Para ela, Kundry era muito mais um ser humano do que uma simples cadela. Secretamente, eu concordava com a humanidade de Kundry.

Na segunda-feira, vinte e quatro horas depois do crime, logo que me deitei, meu marido me abraçou e eu recebi seu abraço como uma porta que se entreabre para a felicidade. Talvez fosse um pedido de absolvição para o assassinato de Kundry. Afinal, até ali tínhamos sido felizes, apesar das adversativas. Achei que o melhor seria absolvê-lo. Naquela época, Negra me deu um romance novo para ler. Ela jurava que era sensacional. Logo no início, o autor descreve suas alegrias conjugais. Achei que as minhas eram parecidas. As alegrias do romancista são assim: "... minha mulher gostava de meu pijama vermelho, e eu, da camisola preta que libertava o corpo, numa mistura de pele e sensualidade. Era um círculo preservado em sorvetes de morango, beijos de cereja, sábados de chocolate e domingos de galáxias. Comentários de filmes complicados, cuja complicação maior se resumia em equilibrar a salsicha entre as metades do pão de cachorro-quente e sairmos sorrateiros sem pagar a conta. Para ela esta era a minha genialidade. Mas sua diversão principal era me pregar sustos. Quando estávamos sozinhos em casa, ela saltava detrás dos armários e me beliscava as nádegas ou os órgãos genitais." Nossa vida era isto, sem grandes cismas existenciais. Com o tempo, a tragédia de Kundry se transformou numa vírgula.

Em 1976, eu engravidei e não pude ter o filho porque um mioma grudado ao útero impediu-me de levar a gravidez adiante. A princípio, lamentamos a perda do feto. O caso foi logo deformado pela ótica engordurada de Dona Isolda, que via o mioma como um estratagema arquitetado por mim, com a finalidade de causar uma desavença com meu marido. Se me perguntassem como era o demônio, eu diria que era uma bruxa obesa. Durante os cinco dias de hospital, meu marido não saiu um só instante de perto de mim. Confesso que apesar de ver nessa obstinação uma prova de amor, gostaria que ele saísse do quarto pelo menos para fumar. Depois do maço de cigarros que comprou na noite em que matou Kundry, ele se tornou um fumante incansável. Em pouquíssimo tempo passou a consumir dois maços diários. Além do vício irremediável, a cartilha mental que a internação me obrigou a ler ensinou-me outras idiossincrasias de meu marido. Por exemplo, Negra foi me visitar nos três primeiros dias, e só não voltou no quarto e no quinto porque percebeu que sua presença causava um desconforto nele. Para falar a verdade, a situação era muito penosa. Logo que Negra abria a porta do quarto, ele se levantava, cumprimentava-a friamente, saía para tomar café e só voltava quando ela já havia ido embora. Eram os poucos momentos em que fumava fora do quarto. No entanto, quando eu recebi alta, vi a felicidade estampada em seu semblante. No táxi, ele me confessou que estava pouco ligando se eu não pudesse mais ter filhos. O importante era minha vida, sua única riqueza. Eu só sei que, em poucos dias, o episódio do mioma virou outra vírgula.

Nos dois anos seguintes, a felicidade acostumou-se a uma série de ajustes. Mas aparecia com toda a pompa nos momentos que lhe eram permitidos. De qualquer maneira o problema não era dos mais complicados. Bastava eu eliminar a causa de alguma incompatibilidade ocasional, para a felicidade funcionar a contento. Os principais impedimentos eram Negra e Tia Rosinha. Negra em nível mais significativo, embora ainda não declarado. Já Tia Rosinha, seu impedimento era denunciado em anedotas falsamente ingênuas, que ridicularizavam suas ligações clandestinas com Tia Zora. A ponte Zora–Rosa.

Quando ele contava algum caso novo sobre a amizade das duas, eu sentia as unhas do ressentimento. Minha atitude se resumia em rir um riso tão falsificado quanto o dele e deixar a notícia entrar por um ouvido e sair pelo outro. Mas com Negra, suas reações beiravam os estados catatônicos, embora nunca transparecessem através de palavras. Às vezes, quando eu lhe contava que havia saído à tarde para tomar chá na casa de Negra, a pele de seu rosto sofria uma descoloração, enquanto os punhos cerrados tremiam levemente. Nesses momentos ele fechava os olhos e isto fazia com que sua cabeça voltasse ao normal. Mas apesar dessas demonstrações de desagrado, eu decidi que nunca deixaria de visitar Negra e de contar a ele que a havia visitado. Isto porque adotar a covardia como condição *sine qua non* da paz conjugal nunca fez parte de meu projeto de vida.

A intolerância foi crescendo até que, em 1978, o caso Negra explodiu. Ela agora navegava de vento em popa a bordo de um doutorado de teoria literária. Muitas vezes eu telefonava me convidando para tomar chá e ela me despachava porque devia terminar um trabalho sobre pós-barroco, pós-romantismo ou pós-modernismo. Eu me sentia meio alijada, meio desprezada, mas inventava um trocadilho, para fazer de conta que estava tudo às mil maravilhas:

— Vê se me convida quando estiver no pós-trabalhismo.

Negra ria, nós ríamos e eu sofria. Até que uma tarde, como quem não quer nada, apareci por lá sem dar aviso prévio. Depois do toque da campainha passaram-se uns vinte segundos até Negra dizer:

— Quem é?

Eu respondi:

— Sou eu.

Ela fingiu uma alegria:

— Ora vejam só, quem é viva...

E aí, foi quase um minuto até a porta se abrir. Negra estava linda, com um penhoar branco e sandálias pretas. Mas quase tão linda quanto ela estava a outra criatura, sentada no sofá, cabelos louros de doer a vista, pele de cetim, pernas cruzadas, joelhos redondos, e o colo coberto de papéis cheios de anotações a lápis. Na apresentação, Negra não disse meu nome. Apresentou-me como *minha melhor amiga*, enquanto a criatura, que eu, sem saber por que motivo, senti vontade de classificar como *minha pior inimiga*, me foi apresentada como:

— Haydée Bussardi, minha colega no doutorado.

Eu disse muito prazer e ela declarou que já me conhecia de sobra, que Negra não conseguia passar um minuto sem falar em mim. Dito isto, congelou-se, para que eu a admirasse atentamente e, anos depois, pudesse descrevê-la como vou fazer agora, com uma única frase: Haydée Alvarenga Bussardi — este era seu nome completo — parecia uma réplica de Norma Jean Mortenson, vulgo Marilyn Monroe. Para ser franca, uma réplica melhorada. Mas havia nela alguma coisa convidativa ao escândalo. Acredito que os homens a vissem apenas como uma seqüência de filme pornográfico. Nunca soube ao certo qual a tradução do fenômeno Haydée Alvarenga Bussardi dada por Júlia Sammaritana de Almeida Negresco. Naquela meia hora que passei em sua companhia tive a mais irretocável certeza de que literatura era o que menos lhe interessava. Não sei o que interessava a Negra. E prefiro não saber.

Prefiro não saber, mesmo sendo obrigada a saber o que não queria, uma vez que a explosão do caso Negra foi detonada por meu marido. Foi ele quem me revelou o nome completo de Haydée. Foi ele quem me contou que ela era casada com um dentista, um tal André Bussardi, que havia tratado dos dentes de seu pai e dele próprio, quando criança. Como o Rio de Janeiro é pequeno. O Dr. Bussardi, homem de sessenta e poucos anos, podia ser pai de Haydée. Por que teria ela se casado com ele é outro mistério que ficará para as calendas. Segundo meu marido, cujas informações provinham como sempre de Tia Zora, André Bussardi era o emblema do ciúme. Perto dele, Otello seria um macaco amestrado brigando por meia banana. Haydée se arriscava a levar surras antológicas se, ao passar por um homem a menos de três metros de distância, girasse a cabeça de modo a que seus olhos azuis cruzassem o ângulo visual do homem em questão. Para Haydée obter um salvo-conduto que lhe desse direito de cursar o mestrado e o doutorado tinha sido uma áfrica. A permissão do Dr. Bussardi só foi possível depois que ele se convenceu de que o mestrado e o doutorado eram cursos freqüentados praticamente só por mulheres. Nesse ponto, meu marido, para demonstrar o machismo do dentista, repete uma expressão de tremendo mau gosto atribuída a ele:

— Ele diz que se o curso só tem mulher, não há perigo, porque bunda com bunda não faz barafunda.

Mal terminava a frase, fingia que estava prendendo o riso, mas acabava rindo abertamente, talvez com a intenção implícita de me contagiar. Só que o efeito obtido era o oposto. Eu sentia um nojo tão real, que nas duas vezes em que o provérbio do Dr. Bussardi veio à baila, quase vomitei. Esse caráter duplo de meu marido era daquelas coisas que contadas ninguém acredita. Foram inúmeras as noites em que entrei no nosso quarto e dei com ele estirado na cama, ouvindo música com um par de *headphones* ligado a um gravador cassete. Quando eu descrevia estas cenas para Negra, com o intuito de amenizar seus sentimentos em relação a ele, ela balançava a cabeça de cima para baixo e me perguntava que músicas ele ouvia. Aí, todos os dias, assim que voltava da escola, eu ia xeretar a fita ouvida na véspera. Havia semanas em que ele escutava a mesma música todas as noites. Por exemplo, o *Concerto para orquestra*, de Bartok, ele ouviu trinta e quatro noites seguidas. Eu me lembro que lá pelas tantas, fiquei tão impressionada com as repetições que resolvi ouvir também. Confesso que não entendi nada. Parecia uma barulhada sem pé nem cabeça. Um dia, quando vi o disco do *Concerto para orquestra* na estante de Negra, perguntei:

— Já ouviu quantas vezes?

— Trinta e três. Só falta uma.

Nessa época houve outro fato novo que me assustou, a ponto de mergulhar minhas noites num fenômeno até então desconhecido: a insônia. Não vou dizer que ficasse de olhos abertos a noite inteira. Mas acordava de meia em meia hora e me deixava dominar por visões inconfessáveis. Meu Deus, eu nunca fui puritana, mas sempre alimentei uma certa ingenuidade a respeito de coisas escabrosas. E no entanto, o escabroso agora me corroía. O fato novo ocorreu na tarde em que vi Negra com aquela Haydée Bussardi. Eu havia sentado na poltrona em frente ao sofá onde as duas estavam acomodadas, entre livros e papéis rabiscados. O penhoar de Negra deixava sua perna quase inteiramente nua, justamente uma daquelas pernas que ainda iriam dar o que falar, como afirmou Tia Rosinha doze anos antes. Não sei por que motivo, uma ínfima agulhada no peito me fez sentir a milionésima parte do que seria, digamos, ciúme. De repente, Haydée faz um gesto brusco e a papelada que estava em seu colo resvala no tapete. Só aí eu tenho a revelação de suas pernas. Até então eu apenas havia notado os joelhos. Sem os papéis e com a saia arregaçada quase até os quadris, as coxas se mostravam numa perfeição de fazer inveja a quem sentisse inveja de coxas roliças. Até esse ponto, a agulha não tinha entrado em ação. Mas quando Negra se ajoelhou para recolher os papéis e apoiou a mão na perna de Haydée para se levantar, a pontada funcionou. O gesto me pareceu carregado de lascívia. Cinco minutos depois me retirei com a mente em frangalhos. O pior é que na rua eu tentava definir meu estado e não atinava com um mínimo atalho que me levasse ao esclarecimento. De noite, a coisa piorava. Eu fechava os olhos e a cena se repetia, como se fosse o *Concerto para orquestra* com o título modificado: Concerto de duas mulheres para uma terceira. No fim de quinze noites, eu não queria mais encontrar explicação para coisíssima nenhuma, eu queria reencontrar minha paz interior. Eu queria saber que no dia seguinte iria tomar chá com torta de amêndoas e conversar sobre as novidades de nossas vidas. Eu queria ouvir Negra falar dos livros que tinha lido. Eu queria que Negra ouvisse minhas alegrias e tristezas. Era isso. E, por incrível que pareça, quem me devolveu a paz foi meu marido. Não era a paz completa, anterior à réplica de Marilyn Monroe, mas era pelo menos oitenta por cento do que eu conhecia como paz.

A devolução aconteceu quando ele detonou a explosão do caso Negra. O pavio foi aceso por baixo da ponte Zora–Rosa. Uma noite, quando voltou do Ministério, Tia Rosinha me contou em tom de segredo que um dentista da família de Dona Isolda *tinha armado um banzé na casa da Negra.* Levei um susto:

— Um banzé? Que banzé?

— Não sei ao certo. Dona Zora ficou cheia de dedos e não me contou a história tintim por tintim. Ficou faltando coisa. Você sabe como é que ela é, com aquela mania de religião. Mas de qualquer maneira, eu acho que o tal dentista, que também tem nome italiano, fez uma daquelas cafonices calabresas. A mulher dele estuda com Negra no doutorado e vive metida na casa dela, dizendo que é pra fazer os tais trabalhos da faculdade. Parece que um dia a mulher do dentista demorou a voltar, ele ficou possesso e foi até a casa da Negra. Aí, Dona Zora só diz que ele entrou e armou um banzé. Agora, por que, ninguém sabe ninguém viu. Que é que você acha?

Em se tratando de Tia Rosinha, entendi que seria mais prudente optar por uma mentira honrosa:

— O que é que eu acho? Sei lá o que é que eu acho. Eu não acho nada. Há mais de três meses que eu não vejo Negra.

Diante de minha declaração insatisfatória, Tia Rosinha resolveu dar o golpe de misericórdia:

— Ainda bem. Você sabe que eu sempre gostei muito da Negra, mas que essa história está esquisita, isso é que está. Cá pra nós, aí tem coisa.

Felizmente ou não, a *coisa* permaneceu coisa para sempre, embora jamais tenha virado vírgula. Quando meu marido chegou, botou um ponto quase final na minha insônia. Assim que cruzou a porta, escancarou um bom humor de pôr em pânico o melhor palhaço. Falava num tom de voz agudo e professoral, como se estivesse no clímax da exaltação:

— Você se lembra daquela história que eu lhe contei do Dr. Bussardi?

Fingi que não me lembrava e ele seguiu em frente:

— É claro que se lembra. Daquela sua amiga que estava estudando com a tal Haydée Bussardi, mulher do dentista. Tá lembrando?

Não dava mais para esconder:

— Ah, agora eu sei.

— Mas você não sabe da pior. O velho Bussardi foi lá, deu de cara com as duas e botou pra quebrar.

A expressão *deu de cara com as duas* abriu espaço em meus cantos obscuros e fui invadida por um ciúme inesperado. Mas minha representação continuou:

— Deu de cara com as duas, como? Você não sabe contar nada.

— Quem não soube contar foi o Bussardi. Sei lá como foi que ele deu de cara com as duas. O que eu sei é que ele não gostou do que viu. Caso contrário, não teria feito o que fez.

— Mas afinal o que foi que ele fez?

— Botou a mulher pra fora debaixo de porrada e disse a Negra que se ele algum dia encontrar as duas juntas outra vez, ele mata. As duas.

Foi nesse momento, que ouvi o provérbio de Bussardi pela segunda vez, entrecortado por uma gargalhada dionisíaca:

— Eu só queria ver a cara dele, quando percebeu que essa história de bunda com bunda não faz barafunda já era.

Meus olhos não viam meu marido, apesar de estarem assestados em sua direção. Somente viam Negra e o horror pelo qual havia passado, com um monstro dentro de sua casa, agredindo fisicamente a mulher e fazendo ameaças sanguinolentas. Logo com Negra, bonita, elegante, refinada. E minha visão se fundia em seu braço, no gesto de erguer o cigarro entre os dedos, enquanto a outra mão elevava a xícara de chá até os lábios. Aos poucos meu marido foi parando de rir para acabar mergulhado em silêncio. Naquele instante o silêncio me pareceu negro. Prevendo alguma tempestade, Tia Rosinha refugiou-se na cozinha. E quando ficamos sozinhos, ele detonou a explosão:

— Escreve isso que eu vou lhe dizer. Se algum dia eu souber que você esteve na casa desta puta, eu faço mil vezes pior que o Bussardi. E se eu encontrar ela aqui, não vou nem dizer o que vai acontecer. Vai ser surpresa. E diga a Tia Rosinha que eu não quero jantar.

Naquela noite, não abriu mais a boca. Tomou banho, esparramou-se na cama, ligou os *headphones* e, antes de despencar num sono pesado, ao ritmo de roncos draconianos, empestou o quarto com a fumaça de dez cigarros. Apesar de terrível, a revelação do *banzé* armado pelo Dr. Bussardi me devolveu a paz.

No dia seguinte, não foi preciso muita coragem para eu ficar na frente dele e fazer uma espécie de minideclaração de guerra, sem prever as dimensões do campo de batalha que freqüentaria no futuro:

— Está mais calmo? Dormiu bem? Pois então escreve você agora o que eu vou lhe dizer. Minha amizade com Negra é mais forte do que tudo que você possa imaginar. Mas é uma simples amizade. Não me confunda com aquela desvairada, com aquela manteúda interesseira, com aquela suburbana oxigenada. Outra coisa, Negra não é, nunca foi e nunca será uma puta. E pra terminar: eu nunca vou deixar de ir à casa dela. Quanto a ela vir aqui, você deve ter notado que depois que nos casamos, se Negra veio me visitar seis vezes, foi muito. Mas se ela vier dez, vinte, trinta ou mil, será sempre muito bem recebida, quer você queira, quer não. E estamos conversados.

Ele olhou para mim com um ar entre surpreso e cínico, tomou um gole de café, vestiu o paletó e se dirigiu à porta. Um segundo antes de sair, me segredou:

— Ela que experimente.

E bateu a porta em minha cara.

Meu discurso foi em vão. Por azar, Negra, que quase não aparecia, surgiu uma tarde, sem avisar, para me dar uma notícia tristíssima: ninguém sabia o paradeiro de Olga, desde que ela havia pegado um avião em Paris com destino ao Rio. Isto já fazia dois meses. Olga tinha passado mais de três anos em Viena, na companhia da mãe. Durante esse tempo, Negra recebeu uns três ou quatro cartões dando notícias mínimas: estou bem, mamãe está adoentada, vou a Londres, essas miniaturas de cartão postal. A mãe nunca escrevia. Uma vez ou outra mandava um presente e era só. Naquele dia, pela manhã, ela telefonou para Negra querendo saber notícias da filha. Olga teria ido de trem para Paris, onde pegaria o avião para o Rio. Daí em diante, a mãe não recebeu outras notícias de Olga. Negra entrou em pânico. Telefonou para diversas companhias de aviação, para a Interpol, hospitais, necrotérios, tudo. Olga Sammaritana de Almeida Negresco tinha se desfeito no ar. De repente, um pranto convulsivo tomou conta de Negra e eu me assustei. Para mim, aquele descontrole era novo. Durante a crise, ela pegava minhas mãos e apertava-as, puxando-as para si. Houve um momento em que colocou meus dedos sobre seus ombros e me soltou. Mantive aquela posição por alguns segundos. Depois, num estado de emoção vizinho do irracional, abracei-a e juntei meu rosto ao dela. Ficamos assim mais de um minuto. Negra se acalmou e nós nos separamos. Suas lágrimas haviam molhado minha face e isto me causava um estranho prazer. Alguma coisa me dizia que a reação de Negra não se devia apenas ao desaparecimento da irmã. O caso de Olga estava servindo de estopim a outras manifestações. Lembrei-me de que não a via desde a tarde em que a surpreendi com Haydée Bussardi. Senti vontade de conversar sobre o assunto e, principalmente, de descobrir a verdade a respeito do escândalo com o marido de Haydée. Mas não tive coragem e, também, achei que o momento não era oportuno. Negra, depois do impacto, causado em princípio pelo desaparecimento de Olga, ficou séria, silenciosa, com os lábios comprimidos num ríctus angustiante. Resolvi secundá-la, porque compreendi seu mutismo como uma forma de reabastecimento moral ou emocional. Desgraçadamente, me esqueci da hora. Quando olhei para o relógio e vi que já eram quase sete horas, fiquei apreensiva. Talvez ainda houvesse tempo de Negra se retirar, evitando um encontro com meu marido. Eu tinha medo da reação dele depois das ameaças. Mas não houve tempo. Percebi o ruído da maçaneta girando, como se estivesse ouvindo o fragor de uma bomba de hidrogênio. A porta se abriu, ele entrou, registrou a presença de Negra, me fuzilou com o olhar e fez um sinal para que o acompanhasse. No quarto, ele fechou a porta e não olhou mais para mim:

— Vai lá e diz àquela puta pra ela sair já dessa casa, agora. Se não, quem vai lá sou eu.

Todos os meus poros tremiam. Um bolo formou-se em minha garganta, me impedindo de falar, de chorar, de emitir qualquer som. Meus olhos queimavam. Voltei para a sala apoiando meus passos no vazio. Negra já estava de pé. Assim que entreviu minha fisionomia, leu tudo que se passava. Espalmou a mão direita em minha direção, como se estivesse me mandando calar a boca, e saiu. Dei dois passos e fiquei de pé na porta, a tempo de vê-la atravessar a rua. De lá, ela me jogou um beijo como quem deixa cair uma ponta de cigarro na calçada e seguiu seu caminho. Quando fechei a porta o ódio me cegou. Invadi o quarto e soltei o verbo. Chamei-o de fascista, de desonesto, de retrógrado. Classifiquei o que estava fazendo comigo de crueldade mental. Tudo isso aos berros, para que a vizinhança tomasse conhecimento da esparrela em que eu havia caído. Ou da armadilha, como Negra me disse uma vez. Não cheguei a concluir o bestialógico. Meu marido avançou e me mostrou o peso de sua mão. Foram duas bofetadas. Uma de cada lado. Caí na cama e lá fiquei, desprendendo um som ritmado, uma espécie de cantilena feita de nasais enlameadas: minha saliva se misturava às lágrimas e engrossava os soluços. Na hora, meu pensamento abandonou todas as desgraças do presente e se refugiou na lembrança da pequena Kundry. Era como se eu fosse ela, e estivesse prestes a ser assassinada.

Mas não fui. Passado um mês, voltei a visitar Negra, meu marido continuou fumando dois maços por dia, sempre querendo me obrigar a ouvir música, e o drama de Negra também virou vírgula.

O final do prólogo, se é que podemos englobar esses acontecimentos numa só classificação, ocorreu em 1982. Isso mesmo, três anos antes do assassinato de Gaidinho.

Capítulo 7

OLGA Sammaritana de Almeida Negresco sumiu do mapa definitivamente. Seis meses depois de seu desaparecimento, Negra recebeu um presente que ela havia remetido de Viena, na véspera de pegar o trem com destino a Paris. Parece que o embrulho deu a volta ao mundo antes de chegar às mãos de Negra. Quando a embalagem foi desfeita, nós duas ficamos encantadas. Era um pé de abajur, com cara de antiguidade, confeccionado em porcelana de primeira, num estilo *art-nouveau* impecável. Representava uma dama do final do século XIX, esguia, num vestido pregueado que se abria na altura dos joelhos e se espalhava sobre um estreito pedestal onde se lia: *Wien.* Na parte de cima, o vestido terminava num decote generoso, deixando à mostra os ombros e principalmente os braços que, de acordo com Negra, fariam a delícia de Machado de Assis. Um deles dobrava-se para trás, deixando a mão descansar sobre as nádegas, sensualmente esculpidas pelo panejamento. O outro, o direito, erguia-se para sustentar alguma coisa inexistente, que poderia ser um mastro, uma lança ou uma haste de abajur, como decidiu Negra. O rosto, emoldurado por uma franja curta, era o de Olga, os pequenos lábios avermelhados, os olhos quase fechados e o sorriso de puro convencimento. Negra arrumou-o no aparador, admirou-o durante muito tempo, balançou a cabeça lentamente e olhou para mim:

— Que mistério.

Na verdade, o desaparecimento de Olga foi um mistério que se ramificou em dois mistérios maiores e alguns menores. Primeiro, a morte da mãe, já adoentada, que não resistiu à perda da filha de maneira tão insólita. Morreu uma semana depois da chegada do abajur. Segundo, o suicídio do pai, o grilhão paterno, atormentado pelo desaparecimento de Olga e pela morte da mulher. Numa confidência, Negra me revelou que ele ultimamente se culpava de tudo. Ir a Petrópolis tornou-se um verdadeiro calvário. Agarrava-se a Negra, sua derradeira ligação com o mundo, e ficava o tempo todo se lamentando. Quando Negra foi avisada do suicídio, fui com ela a Petrópolis. Durante a viagem, numa dessas manhãs de sol deliciosas que, no Rio, só os meses de julho, agosto e setembro podem oferecer, eu me senti banhada de paz, apesar da tristeza que nos envolvia. Em Petrópolis, quando reencontrei a casa que não via há anos, fui tomada por uma nostalgia ao mesmo tempo gratificante e aterradora. Como se todas aquelas recordações, alegres ou não, farrapos de uma adolescência não muito distante, pudessem ficar sepultadas de uma hora para outra, sem deixar nada em seu lugar. E, de repente, aquela casa, cuja hospitalidade eu recusei por amor ao vizinho, começou a ganhar nova significação, um refúgio existencial, como eu desabafei um dia.

Em poucos minutos, um funcionário da polícia de Petrópolis entregou a Negra uma carta do pai dirigida a ela. O sepultamento foi providenciado para aquela mesma tarde e, às quatro e meia, nós voltamos ao Rio.

Agora o reverso da medalha mostrava a Negra outra realidade material, ou seja, a partir daquele instante trágico, ela podia considerar-se rica. A herança do pai não dava para mundos e fundos, mas era suficiente para um apartamento de três quartos na Tijuca, para um carro zero, para manter a casa em Petrópolis e para passar o resto da vida sem trabalhar, com direito a uma viagem à Europa de dois em dois anos. Só que Negra jamais desprezaria o trabalho, que se tornara uma forma de realização. Em dois meses, ela adquiriu o apartamento e mobilou-o a seu gosto. Depois, quis me dar de presente o carro de Olga, mas eu não aceitei. Diante da recusa, tratou de vendê-lo pelo pior preço do mercado, comprando em seguida um Volkswagen novo em folha. Mais uma vez eu reconheço quanto de verdade havia naquela frase vulgar do Carlos Augusto: *desgraça pouca é bobagem*. A súbita prosperidade de Negra aumentou consideravelmente a distância entre nós. Agora, para visitá-la, só de táxi. A condução de São Cristóvão para a Tijuca era mínima. Mas o destino existe. No fim de 1979, meu marido obteve um financiamento destinado à compra da casa própria. Eu logo lhe dei a idéia de sairmos de São Cristóvão. Ele concordou, com a condição de não irmos para a Zona Sul, uma vez que Dona Isolda e Tia Zora nunca deixariam o apartamento de São Cristóvão. Minha sugestão soava com a inocência de um querubim:

— Eu nunca fiz questão de Zona Sul. A gente podia se mudar pra Tijuca. Que é que você acha?

Meu marido não havia mostrado interesse pelas novidades de Negra e não sabia do caso de Olga, da morte da mãe, do suicídio do pai, da mudança, nada. Achei que era melhor deixar assim. Nota: o casamento ia bem. Depois das vírgulas, voltamos aos *sorvetes de morango*, aos *beijos de cereja* e aos *sábados de chocolate*. Mas para mim não era o bastante. Eu queria ter um chá de pêssego com torta de amêndoas nas proximidades. Foi aí que Negra me soprou que havia um apartamento à venda, em primeira locação, a três quadras da esquina onde ela morava. No dia 12 de fevereiro de 1980, uma terça-feira, comemorei meus trinta anos abrindo caixas de papelão, desempacotando a louça e escolhendo um lugar para os móveis, logo depois da mudança, que durou a manhã inteira. E no dia 13, saí de casa às três da tarde e às três e quinze já estava colocando duas colheres de açúcar na xícara de chá, enquanto Negra disparava uma risada em quatro oitavas.

Esta foi a aventura luminosa que antecedeu o final do prólogo. Mas como toda luz gera uma sombra, em poucos dias Dona Isolda deu entrada no Hospital São Vicente pesando oitenta e nove quilos, setecentos e oitenta gramas, conforme a primeira anotação da ficha médica, e saiu de lá nove meses depois, com quarenta e dois e meio, conforme a última anotação da mesma ficha. Um parto às avessas. A empresa onde meu marido trabalhava pagou o enterro, o que foi uma sorte. Só a conta do hospital levou tudo que ele havia economizado desde que assumira a chefia de um departamento. Quanto à enfermidade de Dona Isolda, eu preferiria passar por cima. Perto do que eu fui obrigada a ver, um filme de terror da pior espécie faria o mesmo efeito da *Branca de Neve e os Sete Anões*, sem a bruxa, é claro. No filme da minha sogra só havia a bruxa. Ela sofreu uma decomposição sem precedentes. Para cúmulo do azar, eu a vi uma vez, logo que ela foi internada. Eu tinha chegado para uma visita e encontrei o quarto vazio. A enfermeira informou que a haviam levado para fazer algum exame. De fato, passados cinco minutos, aproximaram-se dois carrinhos amarrados um ao outro, transportando uma montanha coberta de lençóis brancos. Durante o esforço dos quatro enfermeiros para removê-la até a cama, os lençóis resvalaram no chão e eu vi o que nunca devia ter visto: Dona Isolda nua. Foi patético, foi sinistro, foi tétrico, foi tudo que se possa imaginar de inimaginável. A pele estava branca, translúcida. Uma pele que jamais recebeu um raio solar. Não havia rugas. A gordura se distribuía em forma de ondas desordenadas, fazendo curvas ou elevações desconexas, como se pertencessem a uma cordilheira de montanhas pastosas, formadoras da geografia de algum universo extinto. Por uma coincidência, as dobras da epiderme tiveram a nobreza de ocultar a genitália, cuja visão seria por certo outra catástrofe para os olhos de um observador despreparado como eu. Para sublinhar o horror, havia um cheiro putrefato mesclado com amoníaco, naturalmente da urina, invadindo o ar com tanta violência, que se a porta do quarto não fosse logo fechada, o mundo inteiro seria contaminado. Seu rosto se assemelhava a uma bola de gás que, depois de cheia em excesso, perdera um décimo do conteúdo, e se contorcia para não se esvaziar por completo. Estava irreconhecível. Aliás, eu sempre achei que Dona Isolda era irreconhecível. Seus traços fisionômicos nunca eram os mesmos de um dia para o outro. Reuni todas as forças de que dispunha para sentir um miligrama de piedade e não consegui. Meu único sentimento era o pavor de que a vida fosse apenas aquela monstruosidade.

Naquela noite, depois da sombra, a luz voltou com uma precisão suíça. Às sete em ponto meu marido chegou no hospital. Tinha vindo do trabalho e ia passar a noite com a mãe. Tia Zora estava exausta e ele não queria que ela se desgastasse por completo. Às sete e meia eu o deixei lá e, procurando enobrecer meu semblante com um ar de compaixão, ganhei a rua e aspirei o céu com todas as estrelas a que tinha direito. Era preciso esquecer aquela tarde lúgubre e, para isso, o único meio seria pegar um táxi e descarregar a alma no apartamento de Negra. Na portaria do São Vicente, telefonei me convidando e ela ficou à minha espera. Em menos de meia hora, estávamos devorando uma salada de pepinos, ervilhas e ovos cozidos, sob a vigilância de duas taças de cristal Baccarat cheias até a boca de vinho Liebfraumlich importado. Só mesmo Negra, com seu hedonismo descarado, seria capaz de iluminar meu pânico. Mas, diante do que vi, ela é que estava certa. Destruída a salada, tomamos o chá de pêssego, sentadas no mesmo sofá da Bussardi. Nesse ponto, ela percebeu que eu não estava em meu estado normal:

— Você não está bem, está?

— Não. Não estou.

— Além disso, você por aqui a esta hora é novidade. Que foi que houve?

E aí, contei o filme do hospital, reservando o papel do protagonista para minha repulsa. Negra pousou a mão em minha face:

— Por que não me contou logo que chegou?

Sua mão me provocou um estremecimento:

— Porque nós íamos comer, você compreende, o assunto não era dos mais agradáveis.

Ela não disse uma nem duas. Levantou-se, foi até o aparelho de som e colocou um disco. Súbito, uma das melodias mais impressionantes que eu já havia escutado penetrou meu espírito e eu fiquei extasiada. Primeiro foram os intrumentos de corda, em notas prolongadas, plenas de significação. Acho que a seguir vieram os instrumentos de sopro, que até então eu não sabia quais eram, e estabeleceram novas situações musicais, digamos assim, sempre sugestivas de alguma idéia divina. Passaram-se uns dez minutos. Negra baixou o volume e eu perguntei que música era aquela.

— Nunca tinha ouvido isso? Nem seu marido? Isso é a abertura de uma ópera, o *Parsifal*, de Wagner. Se você conhecesse o *Parsifal* antes de sua tarde de horrores, não estaria nesse estado deplorável causado pelo sofrimento alheio.

Tentei a defesa:

— Alto lá. Meu estado deplorável não foi causado pelo sofrimento de Dona Isolda, mas sim pela forma com que o sofrimento dela se apresentou.

— E daí? O sofrimento pode se apresentar sob mil formas diferentes. Mas o que predomina é o sofrimento em si. Minha filha, a forma com que a pessoa sofre não interessa.

— E o que é que essa ópera tem a ver com tudo isso?

Negra acendeu um cigarro com a elegância que antecedia seus discursos:

— Num castelo da Espanha, alguns homens santificados guardam uma taça que contém o sangue de Jesus: o Santo

Graal. Um belo dia, um deles passa para o lado oposto e se transforma num gênio do mal. Um dos cavaleiros do Graal vai então procurá-lo, levando a mesma lança com que um soldado romano matou Cristo. Durante a luta, uma estranha mulher chamada Kundry distrai o cavaleiro e a lança fica em poder do gênio do mal. Ferido na virilha, o cavaleiro volta para o castelo. Sua ferida só vai cicatrizar no dia em que um jovem inocente, Parsifal, sensibilizado pela dor do outro, toma de volta a lança e, com ela, realiza o milagre do bem.

Negra prendeu os lábios e me fitou:

— Deu pra entender?

Desviei os olhos e, em poucos instantes, comecei a enxergar a relação profunda que havia entre Negra e seu próprio pensamento. Jamais ela poderia casar-se com um homem que a privasse de seus poderes de raciocínio. Tempos depois, nós nos sentamos no tapete e ouvimos o *Parsifal* do começo ao fim. Quase cinco horas de música. Toda aquela divindade se apossou de nós e a música passou a fazer parte de minhas crenças. Nos últimos acordes eu fiquei divinizada. Agora, sim, eu compreendia por que meu marido tentava me obrigar a ouvir música e eu não ouvia. Simplesmente porque ele não sabia nada de música. Por outro lado, a audição do *Parsifal* não tinha nenhuma relação com aquele dia em que Olga e Negra colocaram um disco do *Tristão e Isolda* e nós ríamos o tempo todo, lembrando-nos de Dona Isolda.

Concluído o discurso, Negra tornou a se levantar, foi até o quarto e voltou com um envelope nas mãos:

— Você se lembra dessa carta?

— Que carta?

— A que meu pai escreveu pra mim antes de dar um tiro no coração.

Ela estava prendendo o choro:

— Ele era aquele cavaleiro do Santo Graal, ferido na virilha. Só que no caso dele não apareceu nenhum Parsifal para ficar sensibilizado com sua dor. Ele sofreu a vida toda calado. Talvez minha mãe soubesse da ferida. Mas ela também não tinha estrutura para enfrentar...

Negra parou de falar como quem não sabe se deve continuar ou não. Minha curiosidade foi normal:

— Enfrentar?

Negra respirou fundo e continuou:

— Isso mesmo, enfrentar. Meu pai era homossexual. Ele desconfia que minha mãe descobriu e não agüentou a barra. Quem sou eu pra tirar a razão dela? Acho que ela devia mesmo fazer o que fez, porra, se apaixonar por outro e fugir pra face oculta da lua. Mas... e eu? Por que será que eu não fui pesquisar as angústias de meu pai até encontrar sua ferida e curá-la com alguma lança divina? Porque eu nunca fui Parsifal. Porque eu nunca dei a mínima para a dor do outro. E eu sei que isso não é bom. Que isso não é vida. Viver, em toda a plenitude do conceito, é se deixar contaminar pela vida alheia, sem amarguras, sem repulsas, sem preconceitos.

Senti a grandeza de Negra, mas me fechei em copas. Minha reação foi estudada:

— Terminou?

Negra deu a impressão de não ter ouvido meu reles comentário. Esperou algum tempo e despertou: quinze para as dez. Perguntou se eu queria que ela me levasse em casa, apesar dos três quarteirões. Eu disse que não teria coragem de passar a noite sozinha.

— Medo de assombração? Era só o que faltava.

Felizmente, não houve prolongamentos. Pegou o telefone e perguntou se eu sabia o número do hospital e do quarto de Dona Isolda. Na minha bolsa havia um papel com as anotações. Ela própria fez a ligação. Após um breve diálogo, informou que meu marido estava no sétimo sono em perseguição à mãe, já no oitavo.

— E agora, chega de conversa. Banho e cama, que amanhã tenho de estar às sete e meia na sala de aula.

Às onze horas, deitei ao seu lado. Ela apagou a luz e me fez uma pergunta sem o ponto de interrogação:

— Quantas vezes nós dormimos juntas...

— Com essa, três.

Senti sua mão apertar a minha:

— Que bom. Eu sabia que você ia acertar.

Caímos no sono. Às cinco e meia, a luminosidade da madrugada entrou no quarto e me revelou Negra. Ainda estava dormindo. Nua. Apenas uma ponta do lençol, meio retorcida, enlaçava sua cintura. Seu corpo em decúbito estendia-se num completo abandono, com um dos joelhos dobrado e apoiado sobre a outra perna. Os cabelos se espalhavam no travesseiro, formando uma auréola castanha e brilhante em torno do rosto de feições admiráveis. A boca, levemente entreaberta, exibia dois milímetros da dentadura. Os seios mantinham a firmeza e a verticalidade da adolescência. Naquele momento, pensei que talvez ela ainda fosse virgem. E abaixo do ventre, o sexo, coberto de pêlos abundantes, apontando o início das pernas que *um dia dariam o que falar*. Nas noites seguintes, sozinha na minha cama, deixei o ritmo de meu coração ser também divinizado pela imagem de Júlia Sammaritana de Almeida Negresco. Nua.

Até que em 1982, o prólogo chegou ao fim. No ano anterior, Tia Rosinha se aposentou e começou a me visitar com mais freqüência. Muitas vezes ela vinha com Tia Zora e passava o dia comigo. Nessas ocasiões se metia na cozinha e preparava mil guloseimas: pastéis de nata, pérolas brasileiras, manjar de coco, maravilhas de galinha e os tais pãezinhos de queijo. Meu marido não dizia nada, mas se deliciava. Eu tentava segurar as calorias, mas era inútil. Depois da morte da mãe, ele já havia engordado seis quilos, o que não era muito, se fizesse dieta de segunda a sexta.

O prólogo se encerrou num desses dias em que Tia Rosinha ficava enriquecendo o cardápio. Se não me engano, foi numa sexta-feira. Tia Zora também estava lá, o que significava lotação esgotada. Pois bem. Ele chegou às sete e meia com um saquinho de plástico na mão. Jogou um sorriso para mim, convidou-me a acompanhá-lo até a cozinha, beijou os cabelos de Tia Zora e deu o saquinho a Tia Rosinha:

— Um presentinho pra senhora.

Seu sorriso mantinha um percentual mínimo de mistério, capaz de nos causar um percentual máximo de curiosidade. Mas logo eu notei por trás da alegria um percentual amargo de ressentimento, e minha curiosidade foi despertando o medo. Vieram-me à lembrança fotogramas da morte de Kundry, as bofetadas que levei depois de expulsar Negra de minha casa etc. Tia Rosinha pegou o presente e se mostrou insegura. Percebi que ela também havia pescado alguma anormalidade. Ele insistiu:

— Não vai abrir?

Meio trêmula, Tia Rosinha abriu o plástico e retirou de dentro do saco um maquinismo de metal que nós não conhecíamos:

— O que é isso?

Meu marido olhou para ela e riu com a boca aberta, alinhavada por um balançar de ombros:

— Não sabe? Ninguém sabe? Pois então, fiquem olhando.

Pegou o objeto das mãos de minha tia e pesquisou as prateleiras até encontrar uma lata de ervilhas. Aí, introduziu a ponta metálica da ferramenta na borda da lata, firmou-a sobre o mármore com uma das mãos, enquanto com a outra girava uma pequena manivela. Em poucos segundos a lata se abriu com o máximo de eficiência. Tia Rosinha sorriu:

— Um abridor de lata?

Meu marido devolveu o objeto a ela:

— Alto lá. A última palavra em abridores de lata. Aprovado?

Nenhuma de nós respondeu porque adivinhávamos que algum elemento estava faltando à cena. Mas ele relutava em dar o espetáculo por encerrado. Foi até o fogão, bisbilhotou as travessas, pegou um pastel de nata, cheirou-o de olhos fechados, recolocou-o na travessa, engoliu quase sem mastigar uma das maravilhas de galinha, bebeu um copo d'água e encarou Tia Rosinha com um olhar cruel:

94

— Sabe quem me vendeu esta beleza de abridor? Um camelô chamado... Djalma.

Virou-se para mim:

— Se lembra dele?

Não entendi nada. Ele fez uma pausa dramática e prosseguiu:

— Você vai se lembrar. O Djalma, o tal camelô que vende abridores de lata de última geração, na esquina da Avenida Rio Branco com a Rua São José, é aquele engenheiro, fantasiado de pirata, com quem vocês duas me humilharam sem um pingo de humanidade, naquele carnaval de 1972.

Agora ele se dirigia a mim:

— E eu, na maior inocência, cheguei a dizer: você desprezou um engenheiro pra ficar com um merda. E você me deixou passar por essa humilhação. Durante esses anos todos isso nunca me saiu da cabeça. E agora, o engenheiro era um camelô da Avenida Rio Branco. O que é que a gente faz numa hora dessas?

Tia Rosinha olhava para o nada com lágrimas incipientes. Virei o rosto e fui para o quarto. Ele foi atrás de mim porque sabia que a culpa, a maldita culpa, era inteiramente minha. Logo que entrou, fechou a porta e me agarrou pelo braço. Tratei de me desvencilhar:

— Vai com calma. Se você me encostar um dedo, eu saio daqui e vou direto à polícia. Experimente só.

Seu rosto se enrugou, a pele se tingiu de roxo e ele declarou num tom rouquenho, quase inaudível:

— Eu odeio você. Você e todos aqueles seis demônios com quem você se meteu. Se eu pudesse... se eu pudesse...

E não completou.

Três anos depois desta cena, na noite de primeiro de abril de 1985, o motorista de um Monza cinzento pôde dar cabo de Gaidinho, um daqueles seis demônios.

Capítulo 8

Dali em diante a coisa mudou do vinho para o fel. Depois de tantos dissabores transformados em vírgulas, meu marido estava conseguindo transformar uma vírgula numa tragédia sem retorno. Levei dias tentando convencê-lo de que aquela idéia de mentir que o pirata estava no último ano de Engenharia era uma bobagem de uma garota idiota, só para calar a boca de uma tia ranzinza. Naquela época Tia Rosinha vivia repetindo uma ladainha insossa, na esperança de que eu me casasse com um rapaz formado. A moda era essa: homem com diploma, apartamento comprado na planta e carro do ano tirado em consórcio. Esse era o padrão daquilo que os mais velhos chamavam de bom partido. É claro que com Tia Rosinha não podia ser diferente. Quem era ela? Uma solteirona sem eira nem beira, que morava de favor no apartamento da irmã, vivendo à custa de um salário minguado. Há poucos dias, ela me havia consultado sobre a possibilidade de alugar o apartamento de São Cristóvão. Se eu concordasse, iria morar com Tia Zora. As duas estavam velhas, uma ajudava a outra, e o apartamento de Tia Zora era menor: as despesas ficariam reduzidas à metade.

— Eu queria que você visse o contentamento dela quando eu concordei. Tia Rosinha não teve nada a ver com a história do tal pirata. Quando você disse o nome dele, eu fiquei na mesma. Acredite ou não, eu nunca soube como é que ele se chamava. Nunca me interessou. Eu poderia cruzar com aquele camarada mil vezes e não seria capaz de reconhecer. Nem ele nem nenhum daqueles sujeitos que você chama de demônios. Não há nem nunca houve demônio nenhum. Eu só amo você. Será que você não vai entender isso? A gente ainda tem tanta vida pela frente. Podíamos ser tão felizes. Eu tenho meu trabalho. O salário não é grande coisa, mas dá pras minhas despesas. Você ganha bem... A gente podia estar juntando dinheiro para uma viagem à Europa. Você sempre falava nisso quando ficava o sábado inteiro conversando comigo na cozinha. Já esqueceu?... Tem momentos que eu fico tão chateada por não poder ter filhos... Eu acho que se nós tivéssemos filhos, essas tolices não aconteceriam... Olha pra mim. Pelo amor de Deus. Veja como estou sofrendo com tudo isso... Olha pra mim...

Ele não olhava. À noite, ficava sentado na cama com a cara voltada para o morro do Sumaré, horas e horas, acendendo um cigarro no outro. Sua cota aumentou para três maços. No alto do morro, haviam instalado uma torre de televisão com uma lâmpada na extremidade, que acendia a apagava sem cessar. Eu via o reflexo em suas retinas. Negra não acreditava que ele estivesse louco. Mas eu tinha minhas dúvidas. Não era possível uma pessoa normal passar a noite sentada na beira da cama, fumando, com o olho grudado numa luz intermitente a quilômetros de distância. Lá pelas duas ou três da madrugada ele desabava. Os olhos ainda ficavam abertos alguns minutos, mas depois caía no sono. Só aí eu conseguia dormir, apesar do cheiro de fumo. No dia seguinte, assim que voltava da escola, a mesma de São Cristóvão, eu não almoçava. Ia para a cama e descansava até a noite. Durante o jantar, ele não dava uma palavra. Mal acabava, punha o pijama e ficava no quarto escolhendo uma fita para ouvir nos *headphones*, antes de se sentar em frente à janela. Quando eu não tinha provas para corrigir, ligava a televisão e não via nada. Era assim que os meses passavam.

Uma noite, apareceu com o primeiro punhal. Eu já havia notado que ele andava comprando umas revistas especializadas em armas, revólveres, pistolas, facas, punhais. Uma vez, passei os olhos numa delas e fiquei pasma como as pessoas perdem tempo fabricando verdadeiras obras de arte com a finalidade de matar os semelhantes. Aquelas armas com as coronhas de madrepérola e incrustações de ouro ou pedras preciosas eram a antítese da lança do Parsifal. Comentei isso com Negra e recebi um elogio:

— Foi uma pena você não ter estudado literatura.

Na tarde seguinte, examinei o punhal com atenção. A lâmina era curta, com pouco mais de dez centímetros. Devia ser de prata. Mas o que me impressionou foi o cabo. E aí? Por que será que hoje, anos depois, estou escrevendo no pretérito? Posso escrever no presente, porque aquele punhal agora está aqui comigo. Posso vê-lo a qualquer hora. É meu e de mais ninguém. O cabo é confeccionado em âmbar castanho com um baixo-relevo de cada lado, representando um fidalgo do século XVIII e uma dama da mesma época. O rosto dos dois personagens é um milagre em marfim. Usando uma lupa, vemos com toda a nitidez os cabelos, os olhos, o nariz e os lábios sorridentes. Um antiquário amigo de Negra ficou de olho grande no punhal. Garantiu que era proveniente da Itália e que a data gravada na lâmina era autêntica: 1868. Um luxo dessa natureza só serviria a um assassino muito requintado. Imaginei um diálogo entre dois deles:

— Como é que foi? Matou?

— Matei.

— Com quê? Smith & Wesson?

— Que Smith & Wesson que nada. Punhal italiano do século XIX, com casal de nobres do século XVIII em baixo-relevo sobre âmbar. Quer mais?

— O quê? Gente fina é outra coisa. Quem era o apunhalado?

— O rei da cocada preta.

Dando prosseguimento às novidades iniciadas com o primeiro punhal da coleção, no início de 1983 meu marido havia engordado dezessete quilos. Já não era possível disfarçar. O pior é que sua gordura se concentrava no rosto, na barriga e, sobretudo, nas coxas. Mas se ele ainda quisesse, poderia recuperar a antiga forma. Uma vez tentei sugerir uma dieta e ele foi malcriado: pegou o abridor comprado no pirata, abriu uma lata de ameixas em calda e devorou metade. Palavras, nenhuma. Olhares, nenhum. No final do ano, faltando poucos dias para o Natal, apareceu com o segundo punhal. Lâmina de aço com vinte centímetros de comprimento e cabo torneado em madeira escura, ébano, segundo o antiquário de Negra, com uma cruz suástica de ouro incrustada numa das faces. O segundo punhal inaugurou a fase lúdica. Meu marido desenhou vários círculos concêntricos na porta do quarto de empregada, como os alvos dos parques de diversão e até altas horas atirava o punhal na porta, com resultados bastante satisfatórios. No fim de pouco tempo, as marcas se concentravam nas vizinhanças do círculo do meio. Quando Negra soube, repetiu uma piada de um filme do Bergman:

— Vai ver, ele está querendo trabalhar num circo.

Não achei graça porque um sexto sentido me dizia que meu marido estava ensaiando um espetáculo cuja lembrança seria imorredoura. No começo, apesar da descrença de Negra, pensei em loucura, esquizofrenia, não sei. Mas depois do segundo punhal, houve uma trégua.

Até então nós não tínhamos empregadas fixas, a não ser uma faxineira, Eulália, que vinha na minha folga, às quartas-feiras. Um belo dia, ele abandonou os exercícios com o punhal e, sem me olhar de frente, avisou que viria almoçar em casa duas ou três vezes por semana, porque a comida da rua estava fazendo mal e, sendo assim, queria que eu contratasse uma cozinheira. Não quis puxar uma discussão, mas o que estava fazendo mal não era a comida e sim o excesso. Quando almoçava ou jantava, e dava cabo de dois litros de coca-cola, eu tinha a impressão de que antes da sobremesa ele teria um ataque apoplético, tal a quantidade que ingeria. Ficava ofegante, suando por todos os poros, um palito entre os dentes, sem ânimo para se levantar. Aos poucos, voltou a falar comigo, embora quase sempre sua conversa fosse pontilhada de recriminações absurdas. Uma delas: eu comia pouco para afrontá-lo. Quando gostava de um prato, mastigava fazendo a *barulhada gosmenta* de Dona Isolda. Aliás, à medida que engordava, seu rosto ia-se arredondando como o da mãe. Eu olhava para ele e me lembrava do tempo em que me apanhava na escola e as professoras corriam para me contar que havia um *pão* à minha espera. Às vezes eu me surpreendia completamente absorta na contagem dos doze anos de nosso casamento. Esquadrinhava um por um, tentando localizar em algum deles o momento em que meu marido começou a mudar fisicamente. Minha impressão era de que durante esse tempo ele tivesse ingerido, em gotas anuais, a mesma poção que transformava o médico no monstro. Mas que poção seria essa? Seria eu? E a culpa invadia meu cérebro e me roubava a pouca vontade de viver que me restava. À noite era pior, porque assim que ele dormia, a boca aberta emitia roncos apavorantes e espalhava no quarto, já impregnado de fumo, o cheiro que eu sentia quando ficava perto de Dona Isolda. Eu dava graças a Deus por ele nunca mais ter me procurado para sexo, desde o episódio do abridor de latas. Bendito pirata.

Também em mim ocorreram mudanças. Não propriamente físicas, se levarmos em consideração que tanto meu peso quanto minhas medidas permaneciam imutáveis há mais de dez anos. Mas na relação com Negra, eu mudei. Agora eu não contava a ela meus problemas abertamente, como nos velhos tempos. Era uma estratégia difícil, na medida em que eu falava de minhas agruras, mas de maneira indireta, com o cuidado de não me incluir nelas. Com isso, houve até situações cômicas. Uma tarde, logo depois que eu comecei a perceber o mau hálito de meu marido, conversei com Negra num tom meio rebuscado, procurando mostrar que há características desagradáveis em certos homens, como por exemplo o mau cheiro, que atingem a sensibilidade feminina de maneira mortal. O comentário de Negra foi decisivo:

— Tudo isso é eufemismo. Mau cheiro masculino não atinge sensibilidade feminina nem aqui nem na China. Vai direto na boceta.

Apesar da franqueza meio sórdida, essa era a verdade nua e crua. Há uma indiscutível estética do sexo. Não se pode fugir dela. Nunca mais eu teria nenhum contato sexual com meu marido. No final de 1983, estava pesando cento e nove quilos. Quem me contou foi ele mesmo. Havia um prazer mórbido em revelar os menores capítulos de sua autodestruição, como se eu fosse cúmplice da catástrofe. Meu calo mental fazia com que eu também me visse culpada. Ele perdia horas me descrevendo os pratos que havia devorado num determinado almoço para o qual fora convidado, ou contabilizando os cigarros fumados num dia qualquer, só para chegar a cifras alucinantes, setenta e seis ou até oitenta e cinco, como ocorreu na terça-feira de carnaval de 1984. À noite, para entrar no quarto, eu tinha que apertar o nariz disfarçadamente entre o polegar e o indicador, retirar o cinzeiro que mais lembrava uma compoteira incandescente, jogar as pontas no lixo e lavar aquela nojeira com uma garrafa de detergente. Mesmo assim, restava o mau hálito dos roncos, misturado a outros cheiros. No verão, ele dormia só com as calças de um pijama curto. Eu fazia o possível para não dar com os olhos nele, porque sabia que a visão de seu corpo estava cada vez mais próxima da nudez de Dona Isolda no hospital, e eu não queria constatar essa realidade. Negra estava certa, no dia em que me disse que achava meu marido parecido com a mãe. Interessante como a genética tem essas artimanhas. Duas pessoas diferentes guardam em sua essência todos os fatores que no futuro farão com que sejam iguais. Que estranho. A moça se casa com um apolo, filho de um macaco e, um belo dia, acorda ao lado de um gorila. Explicação: genética.

Meu marido estava ficando um gorila de pele glabra, macilenta, e olhar estúpido. Apesar disso, quando li o convite para a missa de sétimo dia de Gaidinho, não fiz a menor associação entre a morte de meu antigo namorado e as ameaças de meu gorila. Nem mesmo no dia seguinte, quando voltei da missa e o vi chegando em casa, num Monza cinzento. Talvez, minha possível suspeita fosse anulada pela milimétrica demonstração de afeto ocorrida na véspera, quando ele percebeu o susto que eu havia levado ao dar pela falta dos sete cravos, e me convidou para jantar fora. Fomos a um restaurante do bairro, freqüentado por essa juventude dourada que considera brega degustar as delícias tradicionais. A escolha de meu marido foi surpreendente. Quando o garçom chegou, pediu o mais modesto dos pratos: salada de alface, pepinos e palmitos. Como acompanhamento, suco de laranja temperado com adoçante dietético. Na sobremesa: rodelas de abacaxi. Apesar da frugalidade, não acreditei numa nova era alimentar. Sua obesidade era crônica. Uma vez, Negra me mostrou um livro sobre dietas, onde o autor jura que a preferência por alimentos anabólicos é um tipo de desvio mental. Se o autor estivesse correto, o desvio mental de meu marido já seria caso de hospício. Não dei muita importância ao livro, mas devia ter dado. Afinal de contas, desvios mentais, de qualquer espécie que sejam, podem ser tomados como pistas valiosas. Mas minha cabeça ainda não estava funcionando neste sentido. De qualquer maneira, logo depois da missa de sétimo dia de Gaidinho, durante o almoço em que foram repostas todas as calorias economizadas no jantar da véspera, consegui pescar alguma coisa sobre o Monza cinzento. Tinha sido comprado há três dias pelo diretor de *marketing* da empresa. Aí, a vontade de comentar com ele o atropelamento de Gaidinho subiu até a garganta, mas felizmente voltou às origens. Teria sido uma burrice de todo tamanho. Até hoje não sei por que motivo decidi que aquelas mortes não deviam ser comentadas com ele e, ainda mais incrível, com Negra. Meu inferno começou aí.

Na manhã de 8 de agosto de 1985, quatro meses depois de Gaidinho, eu estava na escola. Quando li a notícia do assassinato de Bernardo Morgenstein, ilustrada com um retrato onde ele aparece quase irreconhecível, levei duas horas para recuperar o raciocínio. O redator não teve a mínima contemplação: "As causas do assassinato do Sr. Bernardo Morgenstein, proprietário da Movibel Ltda., indústria especializada em móveis de escritório, ainda permanecem obscuras. O corpo foi encontrado por um zelador do prédio onde residia a vítima, depois que três moradores alertaram os demais para o cheiro que escapava do apartamento 401. O zelador arrombou a porta e encontrou o Sr. Morgenstein já sem vida, deitado na cama, trajando bermudas. Não apresentava ferimentos, mas o aspecto do cadáver fez pensar em envenenamento. A princípio foi descartada a hipótese de *overdose*. A reportagem apurou que o industrial mantinha seu apartamento aberto a pessoas de reputação duvidosa, em geral toxicômanos ligados à prostituição masculina. Um vizinho do mesmo andar revelou que na sexta-feira passada quase foi obrigado a chamar a polícia, a fim de interromper uma das festinhas com que o Sr. Bernardo Morgenstein costumava brindar os amigos. Segundo outro morador, de uns tempos para cá o apartamento do industrial funcionava como ponto de encontro de diversos homossexuais e de elementos ligados ao tráfico. As autoridades desconfiam que o crime tem relação com uma série de homicídios ocorridos recentemente na área de entorpecentes. O que surpreende é a hipótese de envenenamento, uma vez que em assassinatos dessa natureza, o meio mais usado é a arma de fogo. Na sede da Movibel Ltda., situada num galpão, em Ramos, o funcionamento da indústria se mantém normal."

O jornal veio às minhas mãos na hora do recreio. Quando acabei de ler a notícia, não consegui voltar à sala de aula. Disse que estava morrendo de dor de cabeça e fui caminhar na Quinta da Boa Vista, a poucos metros da escola. Acho que andei quase duas horas. Se me perguntassem o que tinha visto durante a caminhada, eu diria que me vi passeando de mãos dadas com o vizinho da frente pelas ruas do Grajaú, naquela noite distante de 14 de janeiro de 1967. Como seria bom se aquele passeio durasse até agora e nós nunca tivéssemos ido à casa dos amigos de Olga, para conhecer Bernardo Morgenstein. Não vi a Quinta que eu gostava de ver desde a infância, quando meu pai me levava ao Jardim Zoológico e me enchia de picolés de chocolate. O que eu vi, acima de tudo, foi meu passado, como uma força avassaladora, capaz de solapar antecipadamente qualquer vislumbre de alegria futura.

Meu presente de aniversário de 1986 foi a notícia da morte do Dr. Nuno Álvares Pereira, ocorrida no dia anterior, 11 de fevereiro. Nesse caso houve três coincidências assustadoras. A primeira delas foi a data, véspera do meu aniversário. Não sei, mas eu podia considerar a morte de Nuno como uma espécie de presente pelo dia 12. A segunda, o local, São Cristóvão, Rua Amarante, um beco sem saída a poucos metros do local onde havíamos morado. E a terceira, mais impressionante de todas, o carro do assassino. Meu marido nunca se interessou por automóveis. Logo que nos casamos, ele tirou carteira de motorista e começou a pagar um consórcio, mas no fim de seis meses, desistiu. Depois, comprou uma Brasília de segunda mão em sociedade com um colega. Nessa época nós passeávamos domingo sim, domingo não, quando a Brasília ficava conosco. Um dia, ele inventou que o colega, Zé Domingues, olhava para mim com uma certa insistência, e acabou com a sociedade. Aliás, essa foi uma das duas vezes em que demonstrou ciúmes, depois que nos casamos. A outra aconteceu num domingo, quando cruzamos com José de Arimatéia, aquele beato, filho de Dona Cidéia, e ele me cumprimentou.

Um mês antes do assassinato do Dr. Nuno, meu marido apareceu com um Chevrolet Opala e disse que ia voltar a dirigir.

Saía todas as noites depois do jantar e só voltava às dez e tanto. Uma vez ou outra me convidava para ir com ele. Quando isto acontecia, nós íamos parar no apartamento onde funcionava agora a ponte Zora–Rosa. Uns quinze dias depois da morte de Nuno, ele vendeu o carro porque não se sentia à vontade no volante, devido ao excesso de peso. Uma notícia publicada na semana seguinte ao crime dizia que o carro do criminoso era um Chevrolet Opala. A cor do veículo não foi especificada. De qualquer maneira, o de meu marido era preto.

Acho que nesse instante eu fiz uma salada do Chevrolet com o atropelamento de Gaidinho e parti para a primeira experiência literária. Na verdade, eu sempre alimentei um sonho secreto de escrever. Poesia, não. Ficção. Queria me arriscar num conto, uma novela, essas coisas. Eu penso que os comentários intelectualizados de Negra me inibiam. Mas depois da morte de Dom Nuno Álvares Pereira, fui para a máquina de escrever e datilografei uma página. Uma bobagem que eu chamei de *Carro na noite*. Era a história de um homem que só encontrava a paz interior quando saía de carro depois do jantar e vagava sem destino até atropelar alguém. No dia seguinte, fui ao apartamento de Negra, fiz um esforço medonho para afugentar a timidez e mostrei a ela minha obra literária. Negra leu com o máximo de atenção, olhou para mim como se eu fosse um lugar-comum, pegou um livro na estante, abriu-o numa certa página e colocou-o diante de mim:

— Você nunca tinha lido isto?

Fiquei meio apatetada e meti a cara no livro: havia um conto chamado *Passeio noturno*. O nome do autor era Rubem Fonseca. Minha idéia se parecia com a dele, mas depois que eu li *Passeio noturno*, meu *Carro na noite* virou um calhambeque.

O inesperado da história veio depois. Aos poucos eu percebi que Negra estava concentrando suas atenções, não em minhas quimeras literárias, e sim na origem do argumento:

— Que coincidência. De onde é que surgiu essa idéia?

— Não sei. Pode ser que eu tivesse ficado impressionada com o fato de meu marido comprar um Opala e sair todas as noites para praticar.

— E aí você achou que ele poderia atropelar alguém?

— Sei lá. Você deve saber muito melhor do que eu quais são os mecanismos da imaginação. Todo mundo esconde na cabeça uma infinidade de cantos escuros. Aí eu imaginei um homem misterioso, gordo como ele, que de repente ficasse com essa mania.

Os quinze segundos de silêncio necessários ao raciocínio de Negra ficaram atravessados em minha garganta:

— Mania de atropelar ou... ou de matar alguém?

Se aquilo era um jogo, aceitei o desafio:

— De que outro jeito é possível matar alguém quando se está dirigindo um carro? Só atropelando.

— Não concordo. Você pode chegar perto da pessoa que está a fim de matar, frear o carro, dar um tiro na criatura e arrancar a oitenta por hora.

Assumi uma ingenuidade e voltei à literatura:

— Mas seria ridículo eu mudar minha historinha. De qualquer maneira meu conto continuaria uma cópia. O que interessa é o sujeito sair de casa depois do jantar para matar alguém. De repente, se o meu criminoso mata com um tiro, isso não é bastante para me livrar do plágio. Me admira você, uma doutora em teoria literária, não perceber que o que interessa é a função do crime, e não a maneira como é cometido. Gostou da literatice?

Negra fez um muxoxo carregado de maldade:

— Amei. Só que você não está querendo responder minha pergunta.

— Então, repita.

O truque dessa vez foi repuxar um canto da boca e fingir que o assunto havia morrido:

— Não, deixa pra lá. Um dia desses a gente se entende. Olha aí, o chá vai esfriar.

Foi meio paradoxal, mas o chá só voltou a esquentar no dia 7 de junho de 1986, um sábado gelado, com uma chuva de três dias acinzentando até pensamento. Às dez horas da manhã, Negra me ligou:

— Você já viu *O Globo* hoje?

— Não, por quê? Alguma coisa de mais?

— Não, pelo contrário. Alguma coisa de menos.

— Me conta o que foi?

— Acho melhor você ler primeiro. Depois me liga.

Há fenômenos que não se explicam. Quando desliguei o telefone, estava mais gelada que o sábado. Para completar o azar, meu marido não comprava jornais e eu nunca reclamei disso. Por outro lado, a voz de Negra não era a mesma que eu estava acostumada a ouvir. E eu tinha de ir até o jornaleiro comprar *O Globo*. Antes de mais nada, fui ver onde meu marido estava. Ele havia chegado depois da meia-noite na quinta e na sexta-feira. Para mim essas demoras tornaram-se benéficas, pois me aliviavam do cheiro de fumo e dos roncos putrefatos. De qualquer maneira, ele acordava cedo. Quando entrei na cozinha, percebi seu vulto na área de serviço. Fingi que lavava um copo e arrisquei um olhar. Estava quase de costas para mim, com as mãos nos quadris, examinando atentamente uma bacia sobre a máquina de lavar roupas. Voltei para o quarto, vesti uma calça comprida e uma blusa meio amarrotada e fui até a rua. O jornaleiro ficava a dois quarteirões, no sentido oposto ao edifício de Negra. Corri até lá com o coração a cem e comprei *O Globo*. Pensei em voltar para casa, mas achei melhor ler a notícia antes. Parei na porta de uma mercearia, abri o jornal e fui direto à página de ocorrências policiais. Alguma coisa me dizia que a notícia devia ser uma daquelas minhas conhecidas. Eu estava certa. Na quinta-feira, um pouco antes da meia-noite, o Sr. Luís Apolônio Ribeiro, instrutor de caratê da Academia Bonanza, tinha sido apunhalado a menos de dois metros de seu carro, um Gol 85, estacionado na Rua General Artigas, no Leblon. A polícia desconfiava que o criminoso tivesse arremessado a arma de uma certa distância, uma vez que seria difícil praticar o homicídio sem entrar em luta corporal com a vítima. Isso traria desvantagens para o assassino, em virtude das habilitações profissionais de Luís Apolônio Ribeiro. A notícia terminava com um necrológio de cinco linhas: Luís Apolônio havia pertencido aos quadros da Marinha de Guerra, de onde fora expulso há três anos por motivos desconhecidos.

Meu Deus, o que é que estaria acontecendo? Mais uma data para eu decorar. Primeiro de abril de 1985, Gaidinho, atropelado. Sete de agosto, Bernardo, envenenado. Onze de fevereiro de 1986, Dom Nuno, fuzilado. E agora, 5 de junho, Apolônio, apunhalado. Não havia o mínimo espaço em minha cabeça para a mais ínfima das dúvidas: os seis demônios estavam sendo eliminados por um *serial killer* de filme americano classe B. E quem poderia ser?

Com a bexiga ameaçando me desmoralizar em plena rua, joguei o jornal fora e corri para casa. Fui ao banheiro, descarreguei meus nervos liquefeitos e lavei o rosto. Depois, numa demonstração de galhardia, invadi a área de serviço. Meu marido tinha acabado de retirar o punhal mais novo da coleção, o sexto, de uma bacia cheia de um líquido misterioso. Então, com um fervor impenetrável, ficou admirando a lâmina outra vez reluzente. Sem olhar para mim, ele sentenciou:

— Aquele que cometer sete homicídios, usando um punhal diferente para cada um, atingirá o Nirvana.

CAPÍTULO 9

É ÓBVIO que eu teria de telefonar para Negra o quanto antes. Minha dificuldade se resumia em não deixar ninguém ouvir o telefonema. Por volta das onze, meu marido se meteu no banheiro. Eu sabia que esta operação levaria duas horas no mínimo. O tempo de Nazareth, a cozinheira que ele havia requisitado, preparar o almoço. Liguei para Negra. Sua primeira reação foi milimétrica:

— Leu?

Minha resposta repetiu a medida:

— Li.

Negra insistiu no minimalismo:

— E aí?

— Aí, o quê? O cara foi assassinado e pronto. Você está me confundindo com Agatha Christie?

Negra fez um daqueles silêncios que demarcavam os limites do experimental e indicavam o território da realidade. Depois, entrou no assunto da maneira mais imaginativa do universo, que eu, para chatear, dizia *mais imaginativa da Tijuca*. No íntimo, eu sabia que se tratava de uma autêntica tirada negresca:

— E o que é que você me diz da *pedra matinal*?

Levei um susto porque o enigma contido naquelas duas palavras me pegou pelo pé e eu logo adivinhei que traria conseqüências insuspeitadas. Em todo caso, simulei inocência:

— Pedra o quê? Matinal? Palavra de honra como eu não estou entendendo patavina.

— Experimente traduzir pro alemão. Assim, ó: pedra, *stein*. Manhã ou matinal, *morgen*. Pedra matinal, *morgen-stein*.

O jogo de palavras foi meio arrogante:

— Você está querendo dizer aquele Bernardo Morgenstein, de priscas eras?

— Acho que nem tão priscas assim. Ou vai me convencer que não sabe que ele foi envenenado há pouco tempo?

O silêncio foi meu:

— É, eu acho que li alguma coisa no jornal.

Negra se mostrou implacável:

— Só... alguma coisa?

Comecei a perder terreno:

— Negra, cá pra nós. O que é que você está querendo me dizer? Desembucha.

Se eu fosse comentar sua resposta sob todos os aspectos literários, psicológicos etc., teria assunto para um compêndio de não sei quantas páginas, sobre o mistério dos relacionamentos humanos. Ela não fez nenhuma pausa entre minha pergunta e sua resposta:

— Bem, é que agora, contando com esse Apolônio, já são quatro. Ou também vai me dizer que não sabia dos outros dois.

Não consegui disfarçar um soluço:

— E você, sua grande sabichona, por que é que não me disse nada?

Negra ficou séria:

— Faço minhas as suas palavras. Você também é uma grandessíssima sabichona, é ou não é?

Não respondi e Negra foi em frente:

— Olha aqui, garota. Esse negócio de quem sabia ou quem não sabia não adianta nada. O caso é que estamos frente a frente com um *serial killer*. Já ouviu falar nisso? Se eu fosse você arrumava a trouxa e vinha pra cá. Pelo menos até segunda ordem. Ou então, siga meu conselho. Aproveite uma hora em que esteja sozinha e faça uma inspeção geral nos papéis dele. Esse tipo de gente adora esconder papéis comprometedores.

— Papéis dele? Dele quem? Você está querendo insinuar que o *serial killer* é meu marido?

— Você entende alguma coisa de *serial killers*?

— Acho que nesse caso nem é preciso.

Meu tom de mulher ofendida deve ter desanimado Negra:

— Ah, não? Pois então escuta uma coisa. Ao meio-dia eu vou pra Petrópolis. Só volto amanhã à noite. Na segunda, se as coisas derem certo, passa aqui em casa e a gente conversa. Tudo bem? Beijinho.

A revelação de Negra sobre a possibilidade de haver um *serial killer* dormindo comigo me deixou em polvorosa, embora a idéia não fosse inteiramente nova. O mais indicado seria largar tudo e subir com ela para Petrópolis. Mas aí, a reação de meu marido, caso ele fosse um *serial killer* de verdade, poderia ser macabra. Bastava um centímetro da lâmina de um daqueles punhais para mandar a fada de açúcar de volta ao limbo. Esse pensamento me fez tremer durante dois minutos. Quando reconquistei meia serenidade, colei o ouvido na porta do banheiro: silêncio sepulcral. Ele já devia estar roncando na banheira. Isto significava sinal verde. O conselho de Negra parecia a lâmpada do Sumaré em minha cabeça. Fui até o quarto, abri a portinhola da mesinha de cabeceira e respirei a vitória: havia uma caixa preta de papelão, com as bordas meio descascadas. Devia ser a tal papelada cheia de segredos. Assim que levantei a tampa, a decepção me apunhalou pela frente, no peito, na cabeça e no ponto onde Negra afirmava que o mau cheiro masculino atinge as mulheres. Qualquer outra coisa teria sido melhor do que aquilo. Até mesmo se meu marido fosse um *serial killer*, o fato não seria tão desmoralizante quanto o conteúdo daquela caixa. Sem dúvida, tratava-se de outra coleção. Não de punhais, o que não deixava de ter seu charme, mas de revistinhas e livrinhos pornográficos, repletos de fotografias indecentes e de péssimos desenhos, tudo no mais impublicável mau gosto. Para meu espanto, o colecionador era o mesmo homem que se fechava num par de *headphones* a fim de ouvir quartetos de Beethoven. Gente! Como foi possível eu amar aquela criatura, perder noites chorando no travesseiro, para terminar desse modo aviltante: mulher de um *serial killer*, que coleciona punhais e pornografias. Arrumei tudo como estava antes e fechei a portinhola. Meu passado ficou lá dentro. Mas meu futuro começaria em trinta segundos, o tempo de abrir o armário embutido, na parte onde ele guardava as roupas e descobrir, por trás das camisas, uma pasta de plástico amarelo com elásticos nos cantos. Um deles estava arrebentado. Abri o outro e encontrei os papéis. A princípio, nada demais. Faturas, carnês de compras a crédito, os recibos do condomínio presos por um clipe gigante e uma fotografia minha com uniforme do Normal. O detalhe surpreendente é que a foto havia sido cortada ao meio. No original, Negra está ao meu lado. Ele deixou apenas a parte onde eu apareço. Era sintomático. Mas o pior veio depois da foto: um envelope de papel pardo. Abri. Dentro havia dois documentos. Um deles era o certificado de conclusão de um curso de tiro, emitido por uma entidade situada na Rua Barão de Petrópolis, com o nome sugestivo de Círculo de Atiradores Rio-Que-Eu-Amo, assim mesmo, com hífens e iniciais maiúsculas. O curso foi concluído em dezembro de 1985. E o outro papel era um recibo emitido pelo mesmo Rio-Que-Eu-Amo, referente à compra de um revólver Taurus, calibre 38, *em perfeito estado de funcionamento*, e de uma caixa com quarenta e oito *projétis*, escrito com *is* em lugar de *eis*. De qualquer maneira, o erro de ortografia não era nada, se comparado à parte final da investigação. No fundo da pasta amarela, havia outra pasta de cartolina azul, com

112

aqueles grampos onde a gente prende as folhas depois de fazer dois furos em cada uma. As folhas de meu marido eram de tamanho ofício. Ao todo, ele havia prendido seis. Em cada uma das três primeiras estavam colados os recortes de jornal com a notícia da morte dos três demônios. Era provável que ele colasse o quarto recorte quando tivesse oportunidade. Fiquei gelada, mas não perdi a calma. Logo que dei por encerrada a missão, tornei a telefonar para Negra, mas ela já devia ter ido para Petrópolis. Inexplicavelmente, eu me sentia mais tranqüila do que nunca. Parece que a dimensão dos sustos esgotou minhas emoções.

A primeira providência da segunda-feira foi tão intelectualizada quanto as atitudes de Negra. Assim que saí da escola, corri numa livraria e procurei um livro que tratasse da teoria do *serial killer*. Para ser sincera, eu tinha minhas idéias a respeito do assunto, mas ler não arranca pedaço. Por volta da terceira página, cheguei à gratificante conclusão de que não sou tão burra quanto penso. O sujeito que comete assassinatos em série não é obrigatoriamente um louco. O que ele tem é uma neurose obsessiva, que determina uma necessidade incontrolável de colecionar homicídios. Todo colecionador é parente próximo do *serial killer*. Quando li essa afirmação, me lembrei do Tio Lulu, irmão de meu bisavô — Deus o tenha — com oitenta e sete anos, me mostrando um exemplar autêntico do olho-de-boi, orgulho máximo de sua coleção de dez mil selos. Meu marido deve ter começado colecionando livrinhos pornográficos. Que horror! Mas deixa pra lá. O que interessa é que em 98% dos casos de homicídios em série, a pista utilizada pela polícia é o elo de ligação entre as mortes. Por exemplo, houve um filme em que o assassino, interpretado por Vincent Price, matava diretores de teatro. Da terceira vítima em diante, o detetive *matou* a charada: o criminoso devia ser alguém que odiava diretores teatrais. Quem? Um ator medíocre recusado por eles? Não deu outra. E Vincent Price, para não fugir à regra, teve o fim que merecia.

De início, o que me alarmou foi o fato de todos os assassinatos em série apresentarem elos de ligação que podem ser conhecidos por diversas pessoas, ao passo que meu caso era excepcional. Apenas uma pessoa, eu, e agora duas, Negra e eu, poderíamos chegar ao assassino, uma vez que o único homem no mundo capaz de querer colecionar as mortes de Gaidinho, Bernardo Morgenstein, Dom Nuno Álvares Pereira e Luís Apolônio Ribeiro era meu marido. Nesse ponto, volto a perguntar: o que é que pode fazer uma fada de açúcar igual a mim, quando é dominada pela infame certeza de que o marido é um assassino capaz de ressecar todas a folhas da existência, com uma coleção incompleta de punhais de luxo? Espera aí: coleção incompleta? Por que incompleta? Minha lógica avançava. Se ele tinha seis demônios a eliminar, por que razão haveria necessidade de sete punhais para atingir o Nirvana? Seis ele já possuía. É claro que os punhais a que se referia, em sua máxima sobre os sete homicídios, eram metafóricos, uma vez que, apunhalado mesmo, só havia o Luís Apolônio. Mas nem por isso os outros crimes deixavam de existir. O punhal de Gaidinho foi o Monza cinzento. O de Bernardo, o veneno. E o de Dom Nuno, a bala na cabeça. Liquidando apenas seis, ele poderia não atingir o Nirvana, mas já estava a caminho. Nesse ponto do raciocínio, minha respiração parou: lembrei-me de que a estrada para o Nirvana ainda teria de passar por José de Arimatéia, que ele teimava em classificar entre os demônios, e pelo pirata, sem dúvida, o demônio-mor.

Às quatro da tarde, Negra me recebeu tentando representar o papel da bela indiferente:

— Oi. Tudo bem?

Era demais:

— Depois de um fim de semana atravessando o Stix,* você só tem isso a dizer?

Negra sorriu com o canto da boca e fez uma reverência:

---

* Rio *da mitologia* que separa o mundo dos vivos do mundo dos mortos (*N. do A.*)

— Gostei do Stix. Mas eu acho que quem tem muita coisa a dizer não sou eu, não é mesmo? Sem discussão. Fez o que eu mandei?

Balancei a cabeça de cima para baixo. Negra me imitou:

— E daí?

— Ele fez curso de tiro com um grupo de atiradores da Rua Barão de Petrópolis. E parece que andou comprando um revólver Taurus com quarenta e oito balas.

— Você viu o revólver?

— Não. Vi o recibo da compra.

— E por que não procurou o revólver?

— Porque não deu tempo. Ele estava saindo do banho.

— Só encontrou isso?

— Uma coleção de revistas com desenhos pornográficos.

— Bem no estilo.

Apesar da importância que dei aos recortes, fingi que só havia me lembrado deles casualmente:

— Ah, tinha também uma pasta de cartolina com os recortes das notícias dos três assassinatos anteriores.

Negra deu um sorriso inteligente:

— Agora você já concorda que sejam assassinatos?

— Eu acho que nunca discordei, Negra. O que eu ainda não sei é se o assassino é meu marido. Você tem tudo para achar que foi ele, porque nem ele gosta de você, nem você dele. Aí, fica difícil.

— Será que até mesmo com todas essas evidências, você põe em dúvida? Curso de tiro, Taurus 38... Que é que você queria mais?

Suspirei e entreguei os pontos:

— É, você como sempre tem razão. E sem se esquecer do álbum de recortes. Aquilo me parece muito grave.

Quando falei nos recortes, Negra mudou de atitude:

— O álbum de recortes? Isso não tem grande importância. Qualquer um poderia recortar uma notícia daquelas. Principalmente ele, que tem mania de coleção.

De repente, o espírito de Agatha Christie, que eu no início havia lembrado, foi-se incorporando em mim:

— Eu não acho que qualquer um tivesse interesse em guardar a notícia da morte de Gaidinho. Por exemplo, eu não guardei. Você guardaria?

O sorriso de Negra veio acompanhado de uma palpitação:

— É claro que guardaria. Tanto assim, que eu guardei.

O que eu estava ouvindo era inacreditável:

— Você guardou os recortes? Todos? A partir daquele que eu vi nesse tapete, no dia 9 de abril de 1985?

Negra não deixou tremer um fio de cabelo:

— O da missa de sétimo dia? Principalmente aquele, que foi o primeiro que eu li. Há alguma coisa errada?

Finalmente, senti chegar minha vez de pontificar. Uma vontade de dominar fez com que eu me levantasse:

— Não, Negra. Não há uma coisa errada. Há duas coisas erradas. Quer saber quais são?

Meu discurso incomodava tanto, que Negra mostrou uma unha:

— Se você quiser sou toda ouvidos, mas, por favor, senta aí. Essa história de ficar em pé na minha frente, fazendo preleção, é muito chato.

Não me sentei:

— Primeira coisa errada: se você sabia que naquele jornal havia um convite para a missa de sétimo dia de Gaidinho, você tinha a obrigação de me mostrar. Por que não mostrou?

— Muito bem. Não mostrei porque eu só vi o convite depois que você saiu. Continuamos amigas? E a segunda coisa errada?

— A segunda é mais séria que a primeira. A segunda é a própria coleção de recortes.

Notei que Negra estava assustada:

— Que erro pode haver numa coleção de recortes?

Agora eu era a própria Agatha Christie:

— Eu acho que já conversei com você sobre meu Tio Lulu, o que morreu com noventa anos. Quando eu era criança ele

116

ficava me exibindo os selos de sua famosa coleção. Eram mais de dez mil. Você já imaginou o que aconteceu quando ele adquiriu o primeiro? Não? Pois então tente raciocinar comigo. Se, por um acaso, Tio Lulu achasse que no mundo inteiro só havia aquele selo, ele jamais pensaria em guardá-lo, para começar uma coleção. Ele só fez isso, porque sabia que havia outros selos para juntar àquele. Da mesma forma, você e meu marido, quando guardaram o primeiro recorte com a notícia de Gaidinho, já deviam ter certeza de que ainda haveria outras notícias do gênero. Não é, no mínimo, uma idéia brilhante? É por isso que eu acho da máxima importância a coleção de recortes.

Negra me encarou com um olhar de peixe morto:

— A minha também? Você acredita, em sã consciência, que eu guardei os recortes porque estava prevendo uma enxurrada de crimes? Cá pra nós...

Senti pena de Negra, mas não dei o braço a torcer:

— Uma enxurrada, não. Alguns. De crimes, também não. De mortes.

Houve um grande silêncio. Negra ficou olhando para o alto da parede. Se ela piscasse, estaria recebendo o espírito de Gaidinho. Depois, inspirou e expirou longamente:

— Quer um chá?

— Está perguntando a macaco se quer...

— Mesmo sabendo que vai ser preparado por uma provável *serial killer*?

Respondi com a tal careta que fazíamos no ginásio, quando a piada não tinha graça. Logo que ela voltou da cozinha com o bule fumegando, ocorreram dois fatos dignos de nota. Primeiro: ao surgir na porta da cozinha, contra a luz, o robe se tornou transparente e revelou sua silhueta. Senti saudade da madrugada em que a vi nua. Segundo fato: ela parou no meio do caminho equilibrando a bandeja e teve um estremecimento:

— E os outros?

— Que outros?

117

— Aquele beato, como era mesmo que eu chamava? O epônimo, o Judas Macabeu, não era esse o nome dele?

— Não, Negra. José de Arimatéia.

Houve um prenúncio de riso:

— Isso, Arimatéia. E além dele, o outro, o pirata. Será que eles já têm uma data marcada?

Meus olhos se encheram d'água, mas ela não reparou e prosseguiu o discurso:

— Você sabe que eu andei calculando o tempo decorrido entre as mortes, e não cheguei a nenhuma conclusão? Até agora as diferenças são parecidas. De Gaidinho para Bernardo Morgenstein, mais ou menos quatro meses, não foi? E de Bernardo para aquele médico, cinco.

Fiz a correção:

— Seis meses.

— E agora, do médico para o Apolônio, quatro meses de novo. Você vê alguma relação? Quatro, seis, quatro...

— Nenhuma.

Tomei o chá, mastigando cada gole. De repente, contei a ela tudo que sabia sobre a coleção de punhais. Negra esperou um tempo e voltou à carga:

— Você não acha que a gente deveria dar um jeito de interromper, de... sei lá... de evitar que essas mortes continuem acontecendo?

Meus olhos secaram:

— Que jeito você daria? Chegar no ouvido do José de Arimatéia e passar pra ele: Arimatéia, como vai Dona Cidéia? Abre o olho, hem. Meu marido está arimatando meus antigos namorados. Já arimatou quatro. Acho que você é o próximo da fila.

Então, me voltei para ela:

— É isso aí que você aconselha?

Negra arremessou a xícara no tapete. A porcelana resistiu, mas sua sandália esfarelou-a. Os olhos me pareceram maiores e mais verdes do que de costume, no segundo em que disparou contra mim:

— Você quer saber de uma coisa? Vá à merda!

Obedeci. Peguei a sacola e me dirigi à porta de entrada, ou de saída. Mas quando pus a mão na maçaneta, Negra deu um salto e me abraçou por trás. Senti que ela havia beijado meus cabelos. Apesar da força de seu abraço, consegui me libertar. Ela ficou de pé, olhando para o chão. Abri a porta e saí.

Não resta a menor dúvida de que foi a cena mais violenta ocorrida entre nós, desde o dia em que ela se matriculou no Colégio Brasileiro de São Cristóvão. Na rua, o mundo se descoloriu. Minha vontade era dar meia-volta, tocar a campainha de seu apartamento e dizer que se ela me pedisse perdão eu a perdoaria. Voltar para casa foi uma tortura. Eu dava três passos para a frente e dois para trás. De repente, me ocorreu que aquele episódio poderia ser o início de uma forma de relacionamento muito parecida com o que havia entre mim e meu marido, no tempo em que ele era apenas o vizinho da frente. Tremi de medo ao constatar que eu e Negra estávamos de mal. Até quando?

Mas faríamos as pazes muito antes do que eu esperava. Para ser mais precisa, nós voltamos a nos falar num domingo, 17 de agosto de 1986. Meu marido tinha saído para visitar um amigo recém-operado. Às onze e meia, Tia Rosinha ligou para mim. Estava quase sem voz:

— Ah, minha filha. Aconteceu uma tragédia.

— Com quem, titia? Com Tia Zora?

— Graças a Deus, não. Tia Zora está muito nervosa, mas está bem. Foi com aquele rapaz, o filho da Cidéia.

Comecei a tremer:

— O José de Arimatéia? O que foi que houve com ele?

— Foi agora na missa das dez horas. A missa cantada, por causa do quinze de agosto. Ele estava naquele mezanino, inaugurando o órgão novo. Aí, meu Deus, aquela armação de madeira estava podre...

Tia Rosinha não conseguiu continuar:

— Titia, não faça nada. Fique calma. Eu vou pra aí.

119

Desliguei e liguei para Negra. Felizmente ela não tinha ido a Petrópolis. Assim que eu lhe contei o caso, Negra compreendeu minha dor e se armou com a lança do Parsifal:

— Me espera aí na porta. Vou pegar você.

Quando o carro entrou na Quinta da Boa Vista, ela tirou uma das mãos do volante e pousou-a na minha perna:

— Pergunta indiscreta: como foi que naquele dia, o dia da briga, você adivinhou que o primeiro da fila era o epônimo?

Minha resposta foi lógica:

— Porque todo neurótico tem mania de organizacão. Para eles as coisas devem seguir uma ordem. E na visão de meu marido, o Arimatéia foi meu quinto namorado.

Seus dedos fizeram uma leve pressão em meu joelho:

— E agora, garota? Só falta o pirata.

Capítulo 10

NEGRA NÃO ME DEIXOU VER o José de Arimatéia morto. Eu acho que mesmo que ela deixasse eu não teria coragem. A Rua São Januário, no trecho defronte à igreja, parecia um campo de batalha: três viaturas da polícia, um caminhão do Corpo de Bombeiros e duas ambulâncias. A mulher do Arimatéia, Wanda, foi nossa contemporânea no Colégio Brasileiro. Atualmente é professora de português numa escola federal. Logo que chegamos, alguém nos disse que ela já estava no Prontocór, com um princípio de alguma coisa que eu não entendi. Não era para menos. Às nove e meia, o Arimatéia chegou à igreja e subiu logo para o mezanino, a fim de experimentar o órgão novo. O instrumento tinha sido comprado pela irmandade, depois de uma coleta que se estendeu por dois anos, mas só foi entregue no sábado à tarde. Ele só poderia examiná-lo no domingo, em cima da hora da missa. A turma de fiéis estava louca para ouvir o novo som. Ainda mais, porque o Arimatéia havia composto um hino para o encerramento. A cerimônia teria caráter de missa solene, devido ao dia de Nossa Senhora da Glória, comemorado no 15 de agosto. Como se pode ver, os ingredientes tinham tudo para uma grande festa dominical ou para dar oportunidade ao destino de mostrar que dele ninguém escapa, como afirmou o Carlos Augusto em outra missa. Desgraçadamente, o destino ganhou a partida. A tragédia aconteceu quase no final da cerimônia, no *Agnus Dei*. Tia Rosinha disse que ouviu um estalo na entrada, como se fosse o estampido de uma bomba de São João. Em seguida, as pessoas começaram a gritar e a correr para fora da igreja:

— Se eu não estivesse sentada na segunda fila, teria morrido pisoteada.

Nesse ponto ela chora e põe as mãos no rosto:

— Eu cheguei a ver a cara de pavor do Zé. Parece que ele perdeu o equilíbrio e se agarrou no órgão... Meu Deus, eu nunca vou esquecer...

Tia Rosinha não disse mais nada porque Negra se abraçou com ela e lhe segredou carinhos com voz de criança:

— Vai sim, Tia Rosinha. Vai esquecer sim. Você vai sofrer um pouquinho e depois vai esquecer. Quer ficar uns dias em Petrópolis? Você e a Dona Zora vão gostar. Tem um jardim coberto de flores. Tem passarinho. Quer que eu leve vocês duas pra lá? Se quiser, é agora. Vamos ver, um, dois, três e...

Aos poucos, Tia Rosinha parou de chorar e ficou admirando Negra com um sorriso abençoado pela nostalgia:

— Eu sempre disse que você era uma menina muito bonita.

E olhou para mim:

— Está vendo?

Enquanto Tia Rosinha aprontava Tia Zora para ir conosco até Petrópolis, soubemos que onze pessoas ficaram feridas no desabamento, e uma, que não estava na igreja, tinha morrido: Dona Cidéia. Com mais de oitenta anos, o coração entregou os pontos. Quando tomou conhecimento da morte de Dona Cidéia, Negra arrematou o pensamento do Carlos Augusto:

— É isso. O destino não deixa furo.

Um minuto antes de sairmos, liguei para meu marido contando o drama da igreja e avisando que nós íamos levar Tia

Rosinha e Tia Zora a Petrópolis. Seu comentário foi mais simples do que eu imaginava:

— Façam bom proveito.

E fizemos. Logo que chegamos, Negra e eu fomos para a cozinha e preparamos arroz com carne moída e purê de batatas. Entre tantas desgraças, sobrou espaço para uma risada em quatro oitavas. Negra estava descascando as batatas. De repente, cortou a base de uma delas, colocou-a de pé e me mostrou:

— Que é que parece?

A batata era igual ao meu marido. Durante as quatro oitavas, Negra me injetou outra dose de insegurança:

— Um cereal com a cara do *serial killer*.

Não achei graça:

— Já vi esse trocadilho num filme americano.

— Eu também. Só que no filme era apenas um trocadilho, e aqui, é batata.

A noite compensou tudo. Tomamos a sopa de aipo, com o mesmo tempero do grilhão paterno. Dona Zora, com oitenta e quatro anos, contou que ainda bordava, e Tia Rosinha deu mostras de que as mortes da igreja já estavam se acomodando ao passado. Às dez horas, as duas foram dormir no quarto do pai de Negra, e nós nos enfiamos sob a tenda árabe, iluminada pelo abajur vienense, última lembrança de Olga Sammaritana. Como a viagem a Petrópolis me pegou de surpresa, dormi com uma camisola de Negra. Para ser sincera, não me sinto capaz de descrever os sentimentos que isso me causou. Fica para a próxima. Antes de dormirmos, conversamos por mais de uma hora, procurando botar em dia o tempo em que ficamos de mal. Quando o sono chegou, eu disse a Negra:

— Quarta vez.

Ela entendeu, me deu um beijo na testa e dormimos.

No dia seguinte, segunda-feira, faltei à escola e não fiquei com a consciência pesada. Às dez e meia, quando Negra anunciou que estava de volta para o Rio, não houve meios de convencer a ponte Zora–Rosa a permanecer em Petrópolis por dois minutos que fosse. Tia Rosinha riu muito, praticamente conformada com a tragédia da véspera, e garantiu que São Cristóvão não podia passar sem a dupla do barulho. Ao meiodia, Negra deixou as duas em casa e tomou a direção do centro da cidade. A princípio, não atinei com suas intenções. Só depois que estacionou o carro na Avenida Chile e andou até a Rio Branco, foi que seus planos se tornaram claros. Além disso, houve um olhar detetivesco sublinhando as ações. A primeira a falar fui eu:

— Só mesmo você. Mas está faltando o cachimbo e o boné escocês.

Negra prendeu o riso e se encaminhou para a Rua São José. Eu seguia seus passos, como se fosse uma reencarnação da pequena Kundry. Era difícil caminhar entre as barracas, fingindo que estávamos apreciando os produtos, mas com a atenção concentrada nos camelôs. Fomos até a Rua da Quitanda, dobramos na Sete de Setembro, demos a volta pela Rio Branco e tornamos a entrar na São José. Nem sombra do pirata. Depois de uma perambulação de quase uma hora, Negra me fez uma pergunta com um olhar, eu concordei com outro e ela se dirigiu a um camelô que vendia brinquedos e aparelhos de tirar pressão:

— O senhor sabe onde é que eu posso comprar um abridor de lata?

O sujeito não pensou duas vezes:

— No final da Sete de Setembro, quase esquina com Primeiro de Março. Sabe onde é?

Mal tive tempo de agradecer a informação. Negra pegou meu braço e me rebocou até um negro com mais de dois metros de altura, que vendia saca-rolhas, aparelhos para desatarraxar tampas de vidros de boca larga e abridores de lata. Ela me olhou outra pergunta e eu olhei outra resposta:

— Por acaso o senhor conhece um camelô chamado...

Outro olhar para mim:

— Djalma.

— Djalma, que também vende abridores de lata?

O negro despencou uma atenção até nós:

— Você estão querendo o abridor de lata ou esse tal de Djalma?

Negra acertou na mosca:

— Os dois. O abridor eu compro agora. Só que não quero o abridor de lata. Me dá esse aqui.

E pegou o aparelho para desatarraxar tampas de vidros de boca larga. O negro deu um sorriso carioca, de quem entende o jogo:

— Você me paga dez pratas e eu digo onde está o Djalma. É isso aí?

Negra pagou os dez cruzeiros, guardou o abridor na bolsa e franziu os lábios:

— Pode ser. Onde é que está o Djalma?

— Se é quem eu estou pensando, um baixinho metido a forte, que fazia ponto na Rio Branco... é esse?

Negra e eu nos olhamos e balançamos a cabeça afirmativamente. O negro ficou estalando o indicador no polegar.

— Ih, mas isso já tem tempo.

— Quanto tempo?

— Bota tempo nisso, madame. Aquele cara não tá mais nessa. Naquela época ele dava um duro dos diabos só pra poder estudar. Tinha horas que a gente sentia uma senhora pena. Mas chegou um dia, ele conseguiu.

Nossos queixos ameaçaram cair:

— Conseguiu o quê?

— Conseguiu o quê... Conseguiu entrar pra faculdade.

— Que faculdade?

— Eu ouvi dizer que... como é mesmo?... Engenharia.

Os queixos caíram. Agradecemos ao negro e voltamos pela Primeiro de Março. Quando passamos a esquina da Rua da Quitanda, desatamos a rir. Negra me abraçava e ria. Eu ria e abraçava Negra. As pessoas nos olhavam como se fôssemos duas malucas. E éramos. Houve um momento em que eu cheguei a gritar:

— Eu nunca menti porcaria nenhuma, Negra. O que eu fiz foi antecipar a verdade. É ou não é? Quando Tia Rosinha souber ela vai dar pulos de alegria.

Só no carro nós nos lembramos de que há inúmeras faculdades de Engenharia. Em qual delas ele estaria? Perguntar ao camelô dos abridores, nem pensar: ele mal sabia o nome da profissão. Mas Negra resolveu descobrir. E descobriu. Quinze dias depois, quando eu já havia perdido toda a esperança, ela abriu a bolsa e me exibiu uma tira de papel: "Francisco Djalma de Souza, Universidade do Estado do Rio de Janeiro, Engenharia, sétimo período."

Fiquei em dúvida:

— Você viu ele?

— Claro que vi. É o pirata. Pra trinta e seis anos, ele está meio acabado. Mas não há dúvida de que é ele.

— E agora?

Negra não deu resposta porque dificilmente haveria uma resposta que respondesse minha pergunta. No fundo, cairíamos no caso do José de Arimatéia e ela tornaria a me mandar à merda. Como seria possível evitar que o pirata corresse o risco de sucumbir a uma abordagem do *serial killer*? Na verdade, eu poria muitas coisas em discussão. A morte de José de Arimatéia era uma delas:

— Falando sério. Como seria possível meu marido provocar o desabamento de um mezanino, dentro de uma igreja que vive fechada a sete chaves?

— Ouve essa história. Meu pai, quando era criança, juntou-se com dois colegas sabe pra quê? Pra desaparafusar um palanque onde o diretor e os professores do colégio prestariam uma homenagem ao dia da bandeira. Eles tiravam um parafuso por dia. No final, deixaram meia dúzia no lugar. Na hora da festa, assim que a velharada se reuniu lá em cima, o palanque veio abaixo. E o crime só não foi descoberto porque ninguém deu importância. Você sabe como são essas coisas. Se a polícia resolver investigar, acaba descobrindo que o negócio da igreja foi criminoso.

— E onde é que entra meu marido?

— Eu acho que se você estiver mesmo a fim de saber, não vai ser muito difícil. Pra começar, procure ver onde é que ele esteve nas noites de quarta, de quinta ou de sexta-feira da semana passada. Está me entendendo? Não é possível seus namorados morrerem com essa freqüência por uma simples casualidade.

A certeza de Negra atiçava as chamas de meu inferno. Principalmente depois da morte do Arimatéia. A partir daquele domingo, minha vida virou um lixo. Talvez devido ao contraste criado com aquela ida a Petrópolis, onde uma idéia de falsa beatitude tomou conta de mim. Passei aquelas horas como se fosse um personagem de Walt Disney, sem nenhum vínculo com as expectativas de um dia-a-dia angustiante. A descrição de Petrópolis feita por Negra a Tia Rosinha — tem jardim coberto de flores, tem passarinho — me atingiu em cheio. Ainda bem que guardei a sensação só para mim. Se eu contasse a Negra tudo que senti, ela me veria como uma perfeita idiota. Mas durante a subida da serra, eu era uma perfeita idiota e só pensava naquelas infantilidades, tem jardim coberto de flores, tem passarinho. O pior é que depois de chegarmos, a casa de Negra apresentava esse aspecto, um jardim florido, repleto de pássaros cantores, uma réplica do cenário d'*O mágico de Oz*: a essência da primavera, da pureza e da felicidade. Eu era a própria bem-aventurada, recém-chegada ao prometido Reino dos Céus, assim mesmo, com iniciais maiúsculas, como o Círculo de Atiradores Rio-Que-Eu-Amo. Quando revi meu marido na hora do jantar, senti como se meus órgãos, cérebro, coração, estômago, tudo, se esfarelassem como a xícara de porcelana que Negra pisou. Ele agora estava com mais de cento e vinte quilos. Suas gravatas, eternamente cobertas por uma papada caricatural, adquiriam um tom amarelado na parte onde se dá o nó. Os colarinhos ficavam puídos depois de usados cinco ou seis vezes. As calças rasgavam no ponto onde as coxas se juntam, logo abaixo da braguilha. A cada noite, seu sono se tornava mais amedrontador, devido à dificuldade de respirar. De repente, havia um ronco mais prolongado e intenso que os demais. Nesses momentos, seus olhos se arregalavam, mas davam a impressão de não estarem enxergando. Um cego ao acordar deve ser assim. Minha repugnância era contaminada por um grama de piedade, e eu perguntava se ele estava sentindo alguma coisa. Não havia resposta. Apenas a respiração ficava um pouco mais forte, como se fosse uma forma de dizer: eu ouvi você falar, mas o que estou sentindo só interessa a mim e a mais ninguém. Todas as noites, em momentos iguais a esse, eu chegava à conclusão de que nenhum Parsifal conseguiria tocá-lo com a lança divina.

Nunca, jamais em tempo algum, eu tive coragem de contar a Negra estes sofrimentos noturnos. É possível que ela adivinhasse, mas o assunto nunca veio à baila. Acho até que se ela me perguntasse a respeito, eu respiraria com mais força, como meu marido. Mas agora, enquanto escrevo, eu me pergunto se algum dia Negra lerá tudo isso. Eu tenho a impressão que sim. Principalmente depois de uma conversa ocorrida na tarde em que descobrimos que o pirata estava estudando Engenharia. Logo que esgotamos os comentários e dois bules de chá, eu confessei minha vontade de contar esses acontecimentos numa espécie de diário, ou num livro. Assim que ouviu minha confissão, Negra adotou sua segunda personalidade, doutora em teoria da literatura:

— Você quer dizer contar simplesmente os fatos ocorridos ou fazer literatura?

Na minha ignorância, eu achava as duas opções parecidas:

— Será que é muito diferente?

E aí, ela me deu uma aula:

— Descrever os fatos como eles acontecem é meramente um trabalho jornalístico. Agora, fazer literatura vai muito além disso.

— Como assim?

— Sob vários aspectos. Pra início de conversa, você tem que se habituar à derrota. Literatura mesmo, eu nunca fiz. Mas os grandes escritores dizem que sentem uma espécie de frustração quando acabam um livro.

A declaração de Negra e minha ignorância me causaram uma surpresa:

— Frustração?

Ato contínuo, Negra seguiu o caminho da estante e voltou com um livro aberto:

— Está vendo essa passagem assinalada em vermelho? Eu li há poucos dias. Dá uma olhada.

A passagem dizia o seguinte: "Fazer literatura é perder uma partida disputada com o imaginário."

Li, fechei o livro e apertei-o contra o peito:

— Você devia mudar de sobrenome. Seu nome completo devia ser Júlia Sammaritana de Almeida Livresca.

Houve uma risada em quatro oitavas que logo se fundiu aos fotogramas do dia seguinte: Negra me esperando de Volkswagen na porta da minha escola, para me levar à Uerj. Ela queria que eu identificasse o pirata. Embora eu me mostrasse completamente desinteressada por essa tarefa, no fundo isso era tudo que eu mais desejava. Não pelo pirata em si, mas pela satisfação de vê-lo circulando nos corredores da faculdade, com uma pasta de livros debaixo do braço. No carro, durante o breve trajeto entre a escola e a Universidade do Rio de Janeiro, no outro lado da Quinta da Boa Vista, eu tive uma revelação. Se por um lado a morte me mortificava, por outro, me devolvia à vida. Os assassinatos de meus antigos namorados deviam funcionar como pontos finais em algumas fases do meu passado. Mas, não. A cada notícia da morte de algum deles, meu passado sobrevivia e insuflava nova vida em meu presente adiposo e malcheiroso. Nunca me senti tão feliz quanto ali, naquele carro, ao lado de Negra, em direção à Uerj, para desvendar um segredo que eu, além de não ver como segredo, já julgava morto há quatorze anos. Quatorze anos são uma vida. Só agora eu estava virando a página seguinte ao baile de carnaval de 1972. Que mistério!

Não houve tempo disponível para outros *insights*. Negra estacionou de qualquer maneira, corremos até os elevadores e saltamos no andar da faculdade de Engenharia. Negra adotou um passo normal, logo imitado por mim. Sentamos num banco em frente aos corredores que levam até as salas. Só aí ela me botou a par dos acontecimentos:

— Em dez ou quinze minutos o pirata vai aparecer ali, se é que ele veio à aula. Eu não vou dizer nada. Vamos ver se você reconhece.

Daí a instantes, os alunos começaram a encher o saguão. Fiquei aflita. Depois de dois palpites errados, Negra concluiu que eu não reconheceria o pirata e apontou um dos estudantes. Eu quase perdi a linha:

— Aquele careca? O pirata?

Era o pirata. Como Negra havia descrito, ele aparentava muito mais de trinta e seis anos. Estava praticamente calvo, além de parecer mais baixo. Achei que ele não mantinha grande afinidade com os colegas. Caminhou sozinho por todo o saguão e parou na porta de um dos elevadores. Negra ficou decepcionada:

— Será que já vai embora? Que azar. Nas duas vezes que eu estive aqui, ele saiu da aula e foi comer um sanduíche naquele barzinho.

Havia uma lanchonete no lado esquerdo. Ficamos de olho no pirata e nos demos bem. A porta do elevador que estava descendo se abriu e saíram duas pessoas. Uma delas era uma suburbana típica, alourada, com menos de um metro e cinqüenta, meio gordota, trazendo um caderno de folhas soltas debaixo do braço. Ela e o pirata se beijaram e foram até a lanchonete. Negra e eu ficamos estáticas. Principalmente Negra. Ela me havia garantido que o pirata era celibatário. Podia ser que fosse. Ele pediu dois sanduíches e um só refrigerante. O canudo passava de boca em boca. Às vezes, entre um gole e outro, beijavam-se com uma sensualidade meio tímida.

Concluído o sanduíche, pegaram o elevador. Passado um minuto, Negra e eu fomos até a lanchonete e pedimos dois sanduíches e um refrigerante. Nosso canudo também passava de boca em boca. Só não havia os beijos. Quando terminamos de comer, Negra tentou repetir com o caixeiro da lanchonete o mesmo diálogo que mantivera com o camelô:

— O senhor conhece um aluno chamado Djalma, Francisco Djalma de Souza?

O garçom olhou para nós de cima a baixo e perguntou de chofre:

— É um baixinho que vende umas muambas?

— Que muambas? Abridores de lata?

— Não. Muamba mesmo. Perfume francês, toca-fitas pra carro, essas coisas.

Negra mostrou firmeza:

— É esse aí. O senhor conhece?

— Ele acabou de sair, agorinha mesmo. Vocês não viram? Ele estava aqui com a namorada.

A partir daí, Negra resolveu que a surpresa seria minha:

— O senhor vê o Djalma todos os dias?

— Só não vejo às quintas-feiras, que é minha folga.

Negra tirou um embrulho da bolsa e entregou ao funcionário:

— O senhor faria o favor de entregar isso aqui a ele?

— Amanhã mesmo. Na hora que ele chegar.

— Muito obrigada. Estou contando com você, hem.

— Deixa comigo.

Não tive coragem de perguntar coisa alguma a respeito do embrulho, antes de chegarmos ao estacionamento. Quando Negra ligou o motor do carro, minha língua se soltou:

131

— O que era aquilo?

— Uma calculadora HP de última geração. Faz todos esses cálculos de engenharia. Acho que ele vai endoidar.

Disfarcei a emoção:

— A calculadora seria uma espécie de lança divina?

Negra sorriu e pôs a mão em minha perna.

À noite, na hora do terror, incluí mais um martírio à minha consumpção: a vontade de esbravejar para meu marido que eu não havia mentido ao contar a minha Tia Rosinha que o pirata cursava o último ano de Engenharia, e que ela estava com toda a razão quando disse que eu tinha desprezado um engenheiro para ficar com um merda, com um monstro fétido igual a ele. Felizmente, faltou coragem e sobrou compaixão, que é o que eu e Negra esbanjaríamos dentro de poucos dias. Como o período universitário estava prestes a se acabar e Negra queria ter certeza de que o pirata havia recebido a calculadora, deixamos passar duas semanas e, numa segunda-feira, voltamos à faculdade. Assim que nos viu, o caixeiro dirigiu o mesmo olhar que dirigiríamos ao demônio. Negra cutucou meu braço e parou em frente ao balcão:

— Está lembrando de mim?

O caixeiro olhou para ela e não respondeu. Apenas moveu a cabeça um milímetro para baixo.

— Como é que foi? Entregou o embrulho ao Djalma?

— No dia seguinte.

— E aí?

— Aí, pergunto eu. A senhora não soube de nada?

Meu coração deu um salto, mas Negra manteve a calma:

— De nada? O que foi que houve?

— Aconteceu um troço muito chato. O Djalma ficou reprovado numa matéria por causa de meio ponto. Aí, ele procurou o professor e não achou. O professor é um desses caras que criam caso com tudo que é aluno. Ninguém aqui vai com a cara dele. Quando viu que não encontrava o sujeito, que fez o Djalma? Deu uma subida até o décimo andar pra falar com a

Tidinha. Aquela moça que estava aqui naquele dia. Lembra? Ela estuda Português-Literatura lá no décimo. O negócio parece que começou aí. A Tidinha, quando viu o Djalma, abriu o jogo. Disse que não gostava mais dele e que estava a fim de terminar o namoro. O Djalma se amarrava nela, eu queria que vocês duas vissem. Pra completar o azar, quando ele foi pegar o elevador, deu de cara com o tal professor. Aí, já viu, levou um papo, pra ver se conseguia o meio ponto. Mas o desgraçado, nem era com ele. Ficou dizendo que não tinha conversa, que era tudo ou nada, essas coisas. Quem viu a cena diz que o Djalma ainda chegou a perguntar: o senhor não vai me dar o meio ponto? O cara não respondeu. Nessas alturas, o Djalma entregou a pasta a ele, saiu correndo pelo corredor feito um maluco, e se jogou lá embaixo.

CAPÍTULO 11

MINHA PRIMEIRA REAÇÃO diante da morte do pirata foi o consolo de saber que pelo menos ele não tinha sido assassinado pelo *serial killer*. No entanto, logo que eu me deitei e o cheiro de fumo e os demais odores de minha prisão formaram a substância olfativa que desacalentava meu sono, o pensamento virou pelo avesso. Há várias maneiras de se cometer um crime. Tiros, punhaladas ou atropelamentos são soluções drásticas, a curto prazo. Já o envenenamento e, principalmente, o desabamento de um mezanino de madeira são estratégias que só funcionam a médio prazo. Além do mais, exigem um trabalho de planejamento feito com muita antecipação e, sobretudo, paciência e força de vontade. Mas há também o assassinato involuntário, do qual só se tem consciência depois de realizado. Foi o caso do pirata, a meu ver, a maior vítima de meu marido. O pior é que me incluo como cúmplice. Se, naquele baile de carnaval, eu não sentisse nada pelo vizinho da frente, o pirata seria hoje um engenheiro com apartamento comprado na planta e carro tirado no consórcio. A citação do padre, na missa de sétimo dia de Gaidinho, caberia como uma luva no caso dele, só que em vez de Jesus, a interpelação seria feita a meu marido: "Se tu não estivesses conosco em 1972, o pirata não teria cometido suicídio em 1986." Nesse ponto, eu me sinto derrotada pelo imaginário, de acordo com a passagem que Negra me mostrou e, por mais que me esforce para permanecer dentro da realidade, a imaginação me marginaliza e me conduz através de uma biografia do pirata só possível em forma de sonho: "... em 1972, o namoro com o pirata ganha seriedade e eu passo a amá-lo com toda a força de uma novela de tevê. Um dia, ele me confessa que vende abridores de lata na esquina da Rua São José com a Avenida Rio Branco. Resolvo encorajá-lo. Com o esquelético salário de professora, patrocino seu curso preparatório para o vestibular. No fim do ano, ele é aprovado. Surgem novos sacrifícios para a conclusão da faculdade. Na cena final, vejo a colação de grau e o baile de formatura. Só não vejo nosso casamento, porque já havíamos casado quando ele passou para o terceiro ano. E aí, o sonho termina com um nó na garganta e uma frustração muito maior do que a dos escritores quando acabam de escrever um livro." Antes de dormir, minha cabeça tenta descobrir como é a cabeça de um escritor. Depois surge um desalento, quando imagino o que será de minha vida sem a expectativa das mortes. E adormeço ao som dos roncos, subjugada pelo arrependimento de não ter tido mais dez, trinta, mil namorados, além dos seis demônios. Talvez fosse o único jeito de dar algum colorido ao tempo que ainda me resta sobre a terra.

Mas aconteceu uma novidade: a partir do dia em que o suicídio do pirata começou a aparecer na imprensa, meu marido deu uma tímida mostra de recuperação. Nas refeições em minha presença, comia menos. Os dois litros de coca-cola foram reduzidos à metade. E durante as conversas, voltou a me encarar. Não com a naturalidade da época em que éramos solteiros, mas, de qualquer maneira, punha os olhos em cima de mim em dez ou vinte por cento do tempo que passávamos juntos. Essa atitude não me agradava, porque um mecanismo em meu interior havia determinado que nunca mais eu me aproximaria dele. Minha ruptura matrimonial era total e definitiva. Eu sentia como se tivesse me casado com uma Dona Isolda elevada ao cubo. Nunca discuti esse assunto com Negra, uma vez que, por um fator inexplicável, sempre que estava com ela não encontrava os caminhos da objetividade. O que eu queria mesmo era viver uma existência com a duração de duas ou três xícaras de chá, de pêssego, uma ou duas fatias de torta de amêndoas, mas com a impressão de que essa existência só era compartilhada por mim e por ela. Nossas polêmicas sobre meu marido e sua vocação para *serial killer* só eram possíveis porque eram polêmicas. Uma conversa normal sobre nossos achaques mentais estava fora de cogitação. O que me intrigava era não poder deslindar o significado dessa proliferação de disposições secretas. Já era tempo de entrar na realidade e encontrar uma explicação científica para o fenômeno. Mas quando teria eu audácia suficiente para encarar o problema? Quando? No fundo, eu não sei nem nunca soube o que é encarar um problema. É discuti-lo com palavras carregadas de sabedoria ou mergulhar nele de cabeça, para ir ao encontro da felicidade negada pelo racional? Nessas horas, sempre chego à conclusão de que o racional é uma titica. Só dizendo assim. Querer comprimir a vida entre as folhas bolorentas de um códice caduco é exigir demais do ser humano.

Dois meses depois da morte do último demônio, chegou a vez de Tia Zora. Sem doenças, sem dores, sem espasmos. Tia Rosinha jura por todos os santos que ela se foi entre uma agulhada e outra. Estava recostada no sofá, bordando um monograma num lenço de cambraia. De repente, sempre mansa, chamou minha tia:

— Rosinha, reze por mim. Eu acho que estou apagando.

Meu marido não foi ao enterro porque tinha uma reunião de trabalho importante. Depois do cemitério, quando Negra e eu fomos até o apartamento das duas, Tia Rosinha me deu o bordado que eu amo, com a estrada e a casa rústica no horizonte. Foi minha primeira herança.

A segunda viria no mês seguinte. Representava um testamento moral, que poderia ser assinado pelos seis demônios: meu marido chegou do trabalho cantarolando uma alegria roufenha e deixou cair um envelope em minhas mãos. Alguns anos antes, o contéudo teria funcionado como a consagração material de nosso casamento. Mas agora, depois de um tudo que fazia as vezes de um nada, era mais uma página do códice caduco. Dentro do envelope havia duas passagens aéreas Rio–Roma–Rio. Talvez meu marido pensasse que a viagem à Europa, com a qual nós sonhávamos em nossos diálogos de antanho, pudesse servir de lenitivo a duas vidas esfaceladas. Resultado: a perspectiva de enfrentar quarenta e cinco dias em países estranhos, longe de minhas raras ligações com a vida, era o mesmo que passar uma temporada num segundo inferno. A principal das raras ligações com a vida logo me disse que um poeta francês havia escrito alguma coisa com esse nome: temporada no inferno. Eu nunca fui poeta, mas se fosse, escreveria um poema igualzinho ao do colega francês.

O embarque estava marcado para 10 de abril de 1987, uma sexta-feira. Mais uma data em minha memória. Os trinta e poucos dias que me separavam do corte existencial foram preenchidos por uma saraivada de informações turísticas inteiramente dispensáveis. Já naquela noite, durante e depois do jantar, fui massacrada pela descrição de um roteiro europeu repleto de trens que vão daqui para ali, de Roma para Milão, de Milão para Paris, de Paris para... Nesse ponto eu imaginava qual seria meu roteiro ideal: de Milão para Paris, de Paris para o Pará, do Pará para o Ceará, do Ceará para a Tijuca. Nas noites seguintes, meu marido aparecia com novas opções, horários de visitas a museus, programas de concertos, de espetáculos musicais, *shows*, nomes de restaurantes, hotéis, possibilidades de passeios, enfim, a expectativa da viagem era tão estressante, que por si só eliminava qualquer função prazerosa. Ao lado dos roteiros, havia um deus-nos-acuda desencadeado pela escolha das malas com rodinhas ou sem rodinhas, das roupas de cima e de baixo, das meias de lã ou de algodão, dos sapatos forrados ou não, dos remédios que seriam levados, da vida que não seria vivida. Faltando quinze dias para o embarque, meu marido estava pesando cento e trinta e seis quilos. Se ele fosse um livro e se os quilos fossem páginas, para um romance só faltava o final. Uma semana antes da viagem, quando revelei a Negra a última *quilogrametragem*, ela me alertou para um fato preocupante:

— Antes de viajar, procure ver se ele cabe no banheiro do avião. Já me disseram que isso é um problema insolúvel.

A observação de Negra resultou em mais uma tarefa acrescentada à minha azáfama. Apesar de nunca ter entrado num avião, jamais me passaria pela cabeça que o banheiro de um DC10, por exemplo, não fosse capaz de receber um passageiro gordo. Como não podia deixar de ser, Negra deu o retoque final:

— Você está se esquecendo de que ele não é um passageiro gordo. Ele é um gordo passageiro. É diferente. Uma criatura com cento e trinta e seis quilos é apenas uma criatura. Já ultrapassou todos os limites estruturais do ser humano. Estou dando graças a Deus por não ter de ir ao aeroporto. Você sabia que já faz mais de dois anos que eu não vejo seu marido? Você me desculpe, mas detestaria ser obrigada a esbarrar com ele nessas condições.

Mesmo com a admiração anormal que sinto por Negra, acho que ela não devia dizer dessa água não beberei. Negra veria meu marido quando menos esperasse, isto é, no aeroporto, na hora do embarque. É inútil dizer que na semana da viagem ele não dormiu de terça para quarta, de quarta para quinta e, muito menos, de quinta para sexta. Primeiro, porque surgiram problemas com os passaportes e ele entrou em pânico. Arrastava os cento e trinta e seis quilos de um lado para outro, com o ouvido grudado no telefone, gritando com Deus e o mundo. Foram convocados despachantes, funcionários da polícia e advogados. Foi gasto um talão de cheques inteiro com subornos altíssimos, para que os documentos chegassem a tempo. Infelizmente, chegaram. Na sexta-feira, às sete da noite, um táxi especial parou em nossa porta. O zelador do prédio conseguiu acomodar as bagagens na mala, meu marido se distribuiu no banco traseiro, eu me sentei em metade de sua coxa e o carro iniciou a viagem até o aeroporto internacional. Eu só me lembrava da véspera, no apartamento de Negra, com os lábios lambuzados do recheio da torta, rindo — para não chorar — das anedotas que Negra inventava para me distrair. Lá pelas tantas, ela tentou me convencer de que a viagem funcionaria como um bálsamo. Diante dessa declaração, meu estranhamento foi total:

— E os crimes? Já esqueceu?

Negra estendeu os braços e premiou meu pescoço com suas mãos de bruxa:

— Primeiro, o prazer. Depois, a vida.

Ela só errou a ordem. Primeiro, seria a vida.

O táxi estacionou no trecho dos embarques internacionais. Notei que a felicidade de meu marido deixava-o meio ofegante. Os olhos não piscavam. Depois que o motorista conseguiu extraí-lo do carro, ele balouçou o corpanzil em busca de equilíbrio e saiu em passadas dificultosas, arrastando duas malas, em direção aos guichês das companhias aéreas. Apesar de minha inexperiência em matéria de viagens, fui eu que peguei um carrinho para transportarmos as duas malas dele e as duas minhas. Eram mais ou menos oito horas. O vôo estava marcado para as onze. O guichê da Alitalia ainda estava fechado, mas já havia uma fila de oito pessoas. Logo que paramos, meu marido me pediu o passaporte e a passagem. Eu tinha dito que achava melhor ficar tudo em sua pasta, mas ele botou pé firme e o que era meu ficou comigo, num envelope branco. Abri a bolsa e não encontrei o envelope. Percebi que ele havia mudado de cor. As narinas se abriam desmesuradamente, a fim de facilitar a entrada do ar e a saída do ódio:

— Você nunca me enganou. Eu bem que tinha notado que você estava desesperada com essa viagem. E agora, essa. Vamos ver que você largou os documentos na casa daquela filha da puta. Foi ou não foi?

Em nossa frente, um homem de cabelos brancos estava ouvindo os impropérios contra mim. Parece que meu marido deu pela coisa e se calou. Mas a respiração dizia tudo que a boca silenciava. Finalmente, achei o envelope. Estava num desses compartimentos secretos, com um fecho ecler da mesma cor do couro. Entreguei os papéis e amarrei a cara. Ele puxou o envelope de minha mão:

— Fique aqui enquanto eu vou tomar um café. Cinco minutos.

O homem de cabelos brancos se ofereceu para guardar o lugar, mas meu marido já estava a uns dez metros de distância. Eu e o homem trocamos um sorriso de compreensão, enquanto víamos o guichê se abrir e dar início à inspeção dos passaportes. Um dos relógios do aeroporto marcava oito e vinte e cinco. O atendimento do primeiro da fila foi rápido. Até chegar minha vez, faltavam sete. Olhei o saguão e não vi meu marido. Já fazia quinze minutos que ele dissera que só demoraria cinco. O guichê liberou outro passageiro. Faltavam seis. Oito e cinqüenta. Faltavam quatro. O homem de cabelos brancos percebeu minha aflição:

— Se a senhora quiser eu tomo conta das bagagens.

Agradeci e fiquei de olho no saguão. Nove horas. Faltavam dois passageiros. O próximo a ser atendido seria o homem de cabelos brancos. Um funcionário do aeroporto se aproximou da fila olhando para mim. As coisas aconteceram como num pesadelo. O funcionário procurou ser discreto:

— A senhora está com um cavalheiro... muito forte... gordo?

— Sim, é meu marido.

O homem de cabelos brancos entregou os documentos à moça do guichê sem tirar os olhos de mim. O funcionário completou a informação:

140

— Parece que ele não está passando bem. A senhora pode me acompanhar? Deixe a bagagem comigo.

O homem de cabelos brancos continuou me observando. O funcionário caminhava na minha frente, empurrando o carrinho. Súbito, o saguão se tornou mais amplo e eu vi, ainda distante, um círculo de mais ou menos trinta pessoas em torno de alguma coisa escura e arredondada, estendida no chão. Andei mais cinco metros: era meu marido. Parecia estar sem sentidos. Agora as pessoas formavam uma espécie de fila dupla, deixando a parte central livre para que eu pudesse chegar ao ponto que elas desejavam que eu chegasse, para ver qual seria minha reação. Tudo isso passou pela minha cabeça, como se eu estivesse lendo um livro. Cheguei mais perto. Minha vontade era dar as costas, correr até um telefone público e pedir a Negra que me levasse para Petrópolis. Mas o funcionário com o carrinho era implacável. Abriu caminho no círculo e me conduziu a um metro de distância de meu marido. Estava imóvel, com os olhos abertos. A boca emitia um som parecido com os roncos noturnos, mas muito mais forte e mais prolongado. A pele estava da cor desses envelopes de papel pardo. Ele havia caído a dois metros do balcão do bar onde teria vindo para tomar café. O funcionário estacionou as bagagens num canto próximo ao balcão e foi providenciar socorro. Mas antes que ele tomasse qualquer atitude, vi aproximar-se um carrinho igual ao que transportou Dona Isolda no Hospital São Vicente. Ao lado vinham dois enfermeiros, ou um médico e um enfermeiro, não saberia dizer. Um deles abriu o paletó de meu marido e afrouxou o colarinho. Em seguida encostou o ouvido no peito dele. Depois se virou para mim:

— A senhora é a esposa?

Balancei a cabeça:

— Ele tem que ser removido. Seu marido tem algum convênio?

— Beneficência Portuguesa.

— Eu vou providenciar a remoção.

O outro abriu um estojo metálico, tirou uma seringa, rasgou a camisa de meu marido e aplicou uma injeção. O médico, ou enfermeiro, conseguiu ligar para a Beneficência e voltou. Os dois tentaram colocar meu marido na maca e não conseguiram. Um deles falou em voz baixa:

— É melhor deixar ele aqui mesmo e esperar o pessoal da Beneficência.

Nesse instante, ouvi um curioso comentar com a namorada:

— Esse aí, só com guindaste.

O médico veio falar comigo:

— Aqui no aeroporto não podemos fazer quase nada. Ele já está medicado. O enfermeiro vai ficar aqui até a Beneficência chegar. Se acontecer alguma novidade, ele me chama.

— E como é que ele está?

— Nunca se pode ter certeza. Mas assim, à primeira vista, está parecendo que ele fez um infarto.

— Infarto?

— Está parecendo. Ele se queixou de alguma dor?

— Nenhuma. É grave?

O médico fechou os olhos, levantou as sobrancelhas, encolheu os ombros e espalmou as mãos. Depois, voltou à posição normal:

— A senhora quer telefonar para alguém?

Eu disse que sim e ele me levou a um escritório do aeroporto. Liguei para Negra. Quando ouvi ela dizer alô, recuperei o ânimo:

— Sabe onde eu estou?

— No aeroporto. Pergunta outra coisa mais difícil.

— Negra, você não sabe o que aconteceu. Meu marido parece que teve um infarto e está caído no chão, no andar dos embarques, perto de uma lanchonete.

— Estou aí em meia hora.

Negra chegou ao aeroporto junto com o pessoal da Beneficência. Em poucos minutos, meu marido começou a ser transportado para a ambulância. O funcionário, que não saiu de perto um só instante, pegou o carrinho com as bagagens e, antes de seguir conosco, me deu uma informação:

— O gerente da lanchonete quer falar com a senhora.

O sujeito estava me esperando do lado de fora. Quando me aproximei ele pôs o máximo de delicadeza no sotaque de português:

— Madame vai me desculpar. Eu sei que é um momento difícil. Mas é que aquele senhor, seu marido, fez uma despesinha antes de...

— Quanto é?

— Sete pãezinhos de queijo e três refrigerantes: uma coca, um guaraná e uma água tônica.

No caminho para o estacionamento, Negra me deu o braço e segredou:

— Aquele que comer sete pães de queijo, acompanhando cada pão com um refrigerante diferente, também pode atingir o Nirvana.

Antes que eu fizesse algum comentário, ela emendou:

— Por favor, não ache a mínima graça.

Na Beneficência, meu marido foi levado para a UTI. Depois das informações de rotina — que só após vinte e quatro horas seria concluído o diagnóstico, mas que o estado geral não era desanimador etc. etc. — Negra me levou para casa, com a viagem à Europa na mala e no banco de trás do Volkswagen. Estacionou o carro, com bagagem e tudo, na garagem de seu edifício, e me convidou para um chá. Eram duas horas da madrugada. Logo que entramos, senti que estávamos felizes. Minha cabeça deu um nó:

— Eu não posso me sentir assim.

— Assim como?

— Negra, eu estou me sentindo como se tivesse tirado a sorte grande. E isso não é justo. Meu marido está morrendo.

— Claro que é justo. Tudo que nós sentimos é justo. Só é injusto sentir o que não sentimos. Não adianta você fingir que está sentindo isso ou aquilo. O negócio é sentir e aceitar

143

o que está sentindo. Aqui entre nós, você queria fazer essa viagem?

Percebi que a conversa não ia favorecer em nada minha situação:

— Negra, vou pedir um favor. Não começa com esse assunto agora, não, tá? Deixa pra amanhã. Mas eu vou dizer uma coisa: é claro que eu não queria ir pra Europa. Só isso. Cadê o chá?

Ainda ficamos algum tempo comentando os horrores que eu vivi no aeroporto. Depois, Negra se levantou e disse que ia tomar um banho morno antes de se deitar. Perguntou se eu não queria tomar banho. Tive medo que me convidasse para me enfiar no chuveiro junto com ela. Mas nada disso aconteceu. Negra saiu do banheiro enrolada numa toalha e foi para o quarto. De onde eu estava sentada, fui surpreendida por sua imagem, no espelho do armário embutido. Foi a segunda vez que a vi nua. Não vou mentir: a emoção foi maior que da primeira. Não sei bem o que senti. Parecia que haviam entornado em meu cérebro um coquetel de medo e culpa. Era horrível porque, na verdade, minha sensação não era bem essa. Eu sabia que não tinha medo nem culpa. Então o que é que eu tinha?

Só na terça-feira, à uma da tarde, o Dr. Manoel Carneiro, chefe da UTI, confirmou o diagnóstico do médico do aeroporto: infarto póstero-inferior do miocárdio. Meu marido ia permanecer lá o tempo necessário.

— Mais ou menos quantos dias?

O Dr. Carneiro fez o gesto que eu já presenciara em seu colega, no aeroporto.

— Há alguma chance de recuperação?

Gesto do aeroporto.

Negra estava me esperando no carro. Quando me perguntou a respeito de meu marido, reproduzi os gestos do aeroporto e fomos para Petrópolis. Ela passou na casa do pai rapidamente e de lá pegamos o caminho da Florália. Para quem não conhecia, como eu, a Florália é uma amostra do paraíso.

144

Como não é provável que o paraíso exista, o número de paraísos arquitetados pela imaginação é incalculável. Para um gastrônomo, o paraíso é um salão de banquetes. Para um amante de música, é uma casa de concertos. Para uma fada`de açúcar, o paraíso pode ser a Florália: um milhão de flores e uma casa de chá com outro milhão de guloseimas carameladas. Tomamos um chá de laranja, acompanhado por uma bandeja coberta de pequenos doces de ovos, de nozes, de frutas cristalizadas, de chocolate com ameixas, de ameixas com coco, de castanhas, de tudo que nos desencaminha do Nirvana. Quando acabamos, guardamos um minuto de silêncio. De início, nossos olhares se perdiam nas paredes, nas outras mesas vazias, nas janelas floridas, na visão dos vegetais à distância. Depois, os olhares foram se concentrando nos próprios olhares e nós ficamos um século olhando uma para a outra. Até que Negra se levantou, pegou minha mão e saiu me puxando atrás dela. Assim, de mãos dadas, caminhamos entre os canteiros até chegarmos à estufa. Lá dentro, havia corredores de violetas em todas as cores e tonalidades, bancadas gigantescas cobertas de gloxínias ou de gérberas amarelas. Dálias, cravinas, copos-de-leite, orquídeas dos mais inesperados feitios; e arbustos. Negra selecionou dois vasos de violetas e um de gloxínias. Aos poucos, fomos nos encaminhando para os fundos da estufa, onde ficavam as plantas de maior porte. O canteiro lembrava um cenário de teatro que tentasse reproduzir uma pequena floresta. Eram quase cinco horas. O sol começava a avermelhar a paisagem e o interior da estufa, através das enormes janelas envidraçadas. Quando chegamos no canteiro, Negra ficou de frente para mim com as pupilas esverdeadas voltadas para as minhas. Baixei os olhos. Depois, tornei a erguê-los lentamente até reencontrar os dela. Ficamos assim muito tempo. Então, nossos rostos foram se aproximando até ficarem a cinco centímetros de distância. As respirações se confundiam. De repente, Negra olhou para uma das janelas:

— Gente! Já vai anoitecer.

E voltamos para o Rio.

Capítulo 12

No dia em que me senti capaz de escrever tudo isso, ainda não conhecia aquelas complicações de Negra a respeito do imaginário. Eu achava que para se escrever alguma coisa, bastava coragem. Mas depois que ela veio com suas teorias e, principalmente, com as diferenças entre contar fatos reais e fazer literatura, optei pelo meio termo. Isso porque eu nunca tive a intenção de contar histórias irreais, ou absurdas, mas também reconhecia que descrever a realidade, como ela se apresenta, seria muito chato. Em todo caso, agora que já cheguei até aqui, há uma coisa que me põe em pânico. É a possibilidade de meus escritos caírem nas mãos de Negra, o que será inevitável, ou de algum de seus colegas de faculdade. Estou certa de que eles destruiriam tudo com aquelas análises enlouquecidas, que só conseguem distorcer o que a gente teve tanto trabalho para botar no papel. Afinal, foram noites e noites de sono perdidas, catando letras num teclado de computador. Depois, saem por aí dizendo que meu marido não era gordo, que aquilo é simplesmente uma imagem literária que eu utilizo para simbolizar estados emocionais subjetivos etc.

e tal. Eu só queria que eles vissem a força que a balança fazia, para convencer o ponteiro a marcar cento e trinta e seis quilos, quando meu marido subia nela. Dava pena. Dele e do ponteiro.

Mas dali em diante, a pena só seria dele. Nunca mais ele teria oportunidade de torturar ponteiros de balança. Sua tortura agora se limitaria a mim. Era no mínimo angustiante ter de ir diariamente até a porta da UTI e ver a cara indiferente das enfermeiras, enquanto repetiam:

— O estado é grave, mas não houve mudanças de ontem pra hoje.

Um dia, o Dr. Manoel Carneiro me deu permissão para ver meu marido. Antes não tivesse dado. Estava quase nu, com todos os orifícios do corpo obstruídos por tubos de plástico. Para uma leiga da minha marca, a impressão era de que os tubos injetavam alguma coisa para mantê-lo gordo, grande e arquejante. Caso fossem retirados, ele se esvaziaria como uma bola de gás e pararia de arquejar. Contudo, o mais impressionante eram os olhos, imóveis e opacos. Ali eu descobri que o emblema da vida é o olhar. A mobilidade e o brilho dos globos oculares é que traçam a curva da existência, do ódio mais revoltante à paixão mais desenfreada. Se associássemos o olhar à presença da vida, meu marido poderia ser sepultado naquele instante. Mas para defender a vida, seja ela qual for, há outro códice caduco, ao qual devemos a mais estúpida obediência.

Meu marido ficou na UTI vinte e sete dias. No vigésimo oitavo, o Dr. Carneiro, embora em desacordo com outro médico, o Dr. Carlos Azevedo, achou melhor ele voltar para casa. Acho que a idéia fazia parte do princípio de que os doentes terminais devem terminar cercados pelos seres que os amam, mulher, mãe, pai, avô, avó, cunhados, cunhadas, filhos, netos, bisnetos, isto é, os mesmos que vão aparecer no convite da missa de sétimo dia, caso o anunciante tenha dinheiro para pagar um anúncio com tanta gente. O convite de Gaidinho quase que só deu para o nome da igreja. Mas o Dr. Carneiro,

147

como diria minha mãe, não sabia da missa a metade. Meu marido era um homem sem amigos, sem ascendentes e sem descendentes. Seu único vínculo com a humanidade era eu, que ele ultimamente odiava, justamente por saber que eu era seu único vínculo com a humanidade. Não é um paradoxo? Mas não vem ao caso. No vigésimo nono dia, mandei desarmar a cama de casal e coloquei em seu lugar um leito Fowler, de hospital, alugado num depósito infecto, perto da Central do Brasil. No trigésimo dia, o Dr. Manoel Carneiro compareceu em minha casa, acompanhado pelo Dr. Carlos Azevedo e por uma parafernália, onde se destacava um pé de metal do qual penderia um frasco de soro a ser injetado no sangue do doente *in aeternum*. Ao soro seria acrescentada uma substância, se não me engano, vasopressora, um desses enigmas da medicina, cujo nome só pode ser de alguma droga medicinal. Nenhum médico receitaria cinco ampolas de rosas amarelas ou três colheres ao dia de creme *chantilly*. Quando eu soube que a panacéia do Dr. Carneiro se chamava dopamina, pensei no inverso: um peru recheado ao molho de dopamina. E fiquei por aí, porque o assunto era sério. As recomendações dos dois médicos punham por terra qualquer esperança. O Dr. Carlos Azevedo falou em fenômenos estranhos como choque cardiogênico e num *et cetera* com o mesmo sabor. Eu acho que era este choque cardiogênico o responsável pela imobilidade de meu marido. Pelo que eu entendi, de agora em diante ele só teria uma fonte de vida: a dopamina, cujas gotas serviriam para manter sua pressão arterial num nível estável.

— Foi mais ou menos isso que ele falou. Nível aceitável, ou estável. Não interessa. O que importa é a dopamina.

Negra não conseguia disfarçar a preocupação:

— E a enfermeira? Como é que você vai fazer? Se você quiser dinheiro, eu empresto, dou, topo qualquer negócio. É só me dizer quanto é.

Para o meu próprio bem-estar mental, eu não deixaria Negra participar materialmente de minhas aflições financeiras:

— Não precisa se preocupar. O convênio dele não cobre as enfermeiras, mas tudo bem. Parece que há um fundo de assistência que vai quebrar o galho. Pelo menos para duas enfermeiras. Uma delas fica de sete da manhã às três da tarde, e a outra, de três às onze da noite. Meu problema é só de onze às sete da manhã. Mas aí, a diretora da escola me arrumou uma licença e tudo vai dar certo. Além do mais...

E parei de falar. Negra ficou esperando:

— Além do mais, o quê?

Chorei:

— Ele vai acabar morrendo.

Negra me abraçou e eu me afundei em seu abraço. Nossas faces se juntaram:

— Por que você não vem almoçar comigo, enquanto isso durar?

— E a faculdade?

— São só duas vezes por semana, e assim mesmo, depois das quatro. Vem almoçar aqui.

A partir do dia seguinte, passei a almoçar com Negra. Às onze horas, Nazareth preparava o lanche da enfermeira e eu corria para o meu refúgio. Assim que entrava, libertava meu peso sobre as almofadas da sala e lá ficava, estatelada, sob o encantamento das risadas em quatro oitavas. Quase sempre, Negra me tratava como criança, implorando para eu comer alguma coisa que ela via como a tábua de šalvação de minha sobrevivência. Às quinze para as três, ia até em casa esperar a troca de enfermeiras. Daí até as onze, lia, rabiscava frases que eu julgava importantes para esta narrativa e, sobretudo, evitava bater com os olhos em meu marido. Sua visão me transportava ao dia funesto em que vi Dona Isolda chegar ao quarto do hospital sobre dois carrinhos amarrados um ao outro. A mesma pele branca e translúcida, a mesma gordura distribuída em forma de ondas desordenadas, as mesmas curvas e elevações desconexas, a mesma cordilheira de montanhas pastosas, a mesma geografia de um universo extinto, o mesmo cheiro.

Era tudo igual, inclusive a nobreza das dobras da epiderme em ocultar os órgãos genitais. Quando por um acaso eu o via, logo corria para o banheiro, fechava a porta a chave e ficava em frente ao espelho, repetindo para minha imagem: eu não quero ver, eu não quero ver, eu não quero ver. Duas vezes por semana, Tia Rosinha me visitava e passava horas olhando para ele, coberta de lágrimas silenciosas.

Mas se passaram dois meses e eu continuei vendo o que não olhava. O pior momento era às onze da noite, quando a segunda enfermeira ia embora. Nessa hora havia um ritual insuportável. Ela me mostrava o frasco de soro já misturado com a dopamina e me fazia extensas recomendações sobre a substituição, que quase sempre ocorria por volta das três da madrugada. Minha vontade era fechar os ouvidos, assim que ela começava o rosário a respeito dos procedimentos técnicos. Eu já sabia aquela xaropada de cor e salteado. Se não fosse a gravidade da situação, eu seria capaz de despedi-la por aquela insolência. Essa irritação por qualquer insignificância era um retrato de minhas emoções, depois de noites e noites solitária, sem poder cochilar um segundo. Para minha cultura, até que foi bom. Negra me emprestava seus livros e eu lia sem parar: Balzac, Machado de Assis, Proust, Guimarães Rosa, Clarice Lispector. Eu li o *Dom Casmurro* numa única noite, entre uma e sete da manhã. Assim que chegava a primeira enfermeira, eu armava um colchonete no outro quarto e dormia até as dez e meia. Muitas vezes, Nazareth fechava a porta e eu passava da hora. Quando acordava, já eram quase duas da tarde e eu perdia o almoço com Negra. Ficava furiosa, não pelo almoço, mas pela paz que o apartamento de Negra me infundia. Aquele ambiente era a minha dopamina. O efeito medicinal do almoço com Negra me parecia mais eficaz, porque vinha sempre depois daquelas horas de sono, em cima do colchonete. Eu tinha pesadelos que se repetiam. Meu marido no avião, chorando feito um menino de três anos, porque o banheiro era do tamanho de uma caixa de fósforos. Meu marido

150

rindo para mim e roncando em minha cara ao mesmo tempo. Meu marido nu, com cento e trinta e seis quilos, mas com a agilidade de um campeão de corrida, me perseguindo à noite, no Campo de São Cristóvão. Mas havia um sonho bom: eu me via deitada na grama da Quinta da Boa Vista. De repente, na outra extremidade do gramado, surgia um rapaz magro, de calça branca e pulôver amarelo de mangas compridas e gola rulê. A imagem era nítida e colorida. Quando percebia minha presença, ele começava a correr em minha direção. Eu me sentava na grama e reproduzia a posição de uma jovem que eu tinha visto numa tela de um pintor norte-americano. Meu coração pulsava de contentamento, mas o rapaz nunca chegava até onde eu estava. Às vezes, eu acordava. Outras vezes, o sonho prosseguia e eu o via passar por mim, à distância, até se perder no outro lado do parque. Nunca cheguei a ver o rosto dele. Suas marcas registradas eram a calça branca e o pulôver amarelo.

Como é possível nossa mente preparar tantas armadilhas? Será que Freud conseguiu mesmo decifrar tudo isso? No dia em que eu contei este sonho a Negra, ela pôs a mão na boca, assustada, abriu três gavetas da escrivaninha, desarrumou tudo, mas acabou desencavando um envelope meio rasgado. Eram as fotografias que Olga havia batido na primeira vez que eu estive em Petrópolis, em 1966. Na foto onde Negra, o pai e eu aparecemos de corpo inteiro, ela está de calça branca e pulôver amarelo de mangas compridas e gola rulê. E aí? Aí, nada, porque mudamos de assunto e passamos a conversar sobre aquela época. Mas a história martelou minha cabeça durante muito tempo. À noite, mal me deitava no colchonete, fechava os olhos e sonhava acordada, com Negra correndo em minha direção, na Quinta da Boa Vista, de calça branca e pulôver amarelo. Um dia, se ela fosse minha amiga como dizia ser, bem poderia reproduzir este sonho na realidade.

Mas, por enquanto, a realidade só reproduzia pesadelos. Um deles era meu envelhecimento precoce. Quando me via no espelho, tinha a impressão de estar vendo Tia Rosinha. Na verdade, eu me parecia com ela, e ela, com mais alguns anos, poderia ser minha avó. Negra ria e jurava que era exagero, mas eu estava envelhecendo a olhos vistos. Quanto a emagrecer, nem é bom falar. Depois do aeroporto, perdi oito quilos e ganhei dezesseis rugas em torno dos olhos. Meu marido estava conseguindo me contaminar com sua história. Eu também podia me considerar a reencarnação feminina do médico e o monstro: a médica e a monstra. E, para piorar o que já não ia muito bem, a monstra acabou dando sinais de vida.

Uma noite, precisamente às três da madrugada, entrei no quarto dele para verificar a quantas andava o soro. Estava no fim. De repente, me dei conta de que não me lembrava do lugar onde a enfermeira havia deixado o outro frasco, já com a dopamina. Na mesinha de cabeceira, havia três frascos só com o soro. Súbito, um relâmpago iluminou minha mente. Que aconteceria se eu, por engano, colocasse a ponta do cabo num soro sem dopamina? Logo eu me imaginei telefonando para um dos médicos:

— Dr. Carneiro? Dr. Azevedo? Desculpe estar telefonando a essa hora, mas é que eu tive uma dúvida. O que é que acontece com meu marido, se eu lhe der um soro sem dopamina?

É claro que eles desligariam o telefone na minha cara e chamariam a polícia. Mas quando a imaginação foi para seu lugar e o desespero reassumiu seu posto, corri até a cozinha e encontrei o soro com a dopamina, no mármore da pia. Voltei ao quarto, liguei o frasco certo e fui para a sala. Eu havia interrompido a leitura de uma história policial publicada numa revistinha antiga, *Mistério Magazine de Ellery Queen*. O conto se chamava "As mortas". O autor era um escritor novato, com um sobrenome italiano que lembrava gulodice. "As mortas" eram três velhas assassinadas que, no final, reapareciam lépidas e fagueiras. Fiquei pensando se meu marido, sem a dopamina, teria a petulância de reaparecer no final, lépido e fagueiro? Naquele resto de madrugada, quem ficou lépida e fagueira fui eu. A fada de açúcar ia iniciar outra modalidade vivencial: o homicídio culposo. Imaginei quais seriam as probabilidades, se eu ligasse o frasco sem a dopamina. Antes de terminar o soro com a dopamina, eu faria a substituição. A morte deveria ocorrer antes das sete da manhã, hora da chegada da primeira enfermeira. Caso não ocorresse, eu tornaria a substituir o soro sem dopamina pelo soro com, interrompido horas antes. Mas aí, a quantidade de soro contida no frasco, se não tivesse havido interrupção, seria muito menor. Que fazer? Assinalar com uma caneta hidrocor os níveis de soro gasto em uma hora. Se, por exemplo, ele morresse em trinta minutos, bastaria retirar o frasco sem dopamina e substituí-lo pelo correto, despejando na pia a quantidade de soro correspondente a meia hora. Na noite seguinte, fiz as duas marcas no frasco de soro. E na outra noite, me enchi de coragem. Às onze, a enfermeira se despediu com o rosário de sempre. Deixei passar uma hora. Peguei o frasco sem a dopamina e me aproximei do leito de meu marido. Estava tudo pronto. Quando eu ia desligar o soro, percebi que o quarto estava mergulhado no mais absoluto silêncio. Achei estranho, porque desde que voltara para casa, ele mantinha um ressonar suave, sem nenhuma relação com os roncos anteriores. Antes de fazer a substituição dos frascos, acendi o abajur da mesinha de cabeceira. Achei que ele estava mais esbranquiçado que de costume, os olhos abertos e tranqüilos, como se estivessem olhando para o alto da parede. Se Gaidinho morresse durante uma prova oral, ficaria assim. Ainda encontrei tempo e cabeça para largar o frasco sem a dopamina sobre a mesinha. Em seguida, enfiei um robe de chambre de qualquer maneira, saí do apartamento, bati a porta da sala e me vi na rua, quase sem ar, correndo para o edifício de Negra. Meus passos acordaram o porteiro e ele perguntou se havia acontecido alguma coisa. Não respondi. Percebi que ele estava ligando o interfone. Quando o elevador parou no andar de Negra, ela já estava na porta:

— Fique calma. O que foi que houve?

Num dos intervalos da respiração, consegui responder:

— Morreu. Meu marido... morreu. Estou apavorada.

Negra me obrigou a beber meio copo d'água com cinqüenta gotas de passiflora, vestiu uma calça *jeans* e voltamos ao meu apartamento. Eu tremia da cabeça aos pés. Muito mais na cabeça, cujo funcionamento entrara em pane depois da ex-futura troca de soros. Quando chegamos, Negra percebeu que a porta da entrada estava aberta, apesar de minha batida. Fiquei na sala torcendo as mãos, enquanto ela foi ao quarto. Vi quando a luz se acendeu. Depois de um minuto ela voltou e me abraçou:

— Senta aqui, garotinha. Onde é que está o telefone do médico. Ou da Beneficência?

O médico de plantão era justamente o tal Carlos Azevedo, que parecia mais rigoroso que o Dr. Carneiro:

— O médico disse para não desligar o soro até ele chegar. Mas como é que foi que ele morreu?

A pergunta de Negra soou como o início de um inquérito policial, onde eu aparecia como suspeita de assassinato. Meu estômago deu duas voltas, minha bexiga deu três e eu fui ao banheiro. Quando voltei, Negra repetiu a pergunta:

— Como é que foi? Ele passou mal?

A irritação me apontou o caminho da resposta:

— Ora, Negra. Você tem cada pergunta. Ele está passando mal desde aquela noite no aeroporto. Isso agora foi uma conseqüência. Quando aquele Dr. Carneiro mandou meu marido de volta pra casa, ele já sabia que o desenlace seria esse. Ou você acha que não?

— Tudo bem, tudo bem. Mas o que foi que ele fez para você descobrir que estava morto? Já era hora de trocar o soro?

Com a segunda pergunta, Negra me levou a reconhecer um pequeno deslize: mesmo não tendo cometido o crime, pelo menos eu devia ter tido o sangue-frio para esperar até as três da madrugada, que é mais ou menos a hora de substituir o soro. Agora a Agatha Christie era ela. A inversão dos papéis me levou a um desempenho mais apurado:

— Não, não era a hora de trocar o soro. Mas de repente, eu parei de ouvir sua respiração e fui lá pra ver o que estava acontecendo. E aí...

Interrompi a fala e impostei a voz:

— Negra, posso pedir um favor?

— Que é que foi, garota? Ficou nervosa?

— Negra, eu não fiquei. Eu estou nervosa. Acho que na mesma situação, você também estaria.

Seu tom amansou:

— Eu também estou nervosa.

Comecei a chorar. Negra se sentou ao meu lado:

— Pronto, pronto, pronto, acabou, acabou. Não vamos falar mais nisso. Está bem?

Ficamos abraçadas em silêncio até o interfone tocar. Era o Dr. Carlos Azevedo. Negra abriu a porta e ele entrou sem cumprimentar. Assim que se dirigiu ao quarto, eu ganhei um grama de coragem e fui atrás. Negra ficou ao meu lado. O médico fez os exames necessários, desligou o soro e olhou para mim:

— Que horas eram? Chegou a ver?

— Foi há uns quarenta minutos.

O Dr. Azevedo olhou para o relógio e veio até a sala. Sentou-se numa poltrona, abriu a pasta e tirou um bloco. Fez algumas anotações, destacou a folha e me entregou:

— É para providenciar o atestado de óbito. A senhora tem um lençol?

Coberto de alto a baixo com um lençol branco, meu marido era mais apavorante do que sem o lençol. Perguntamos ao médico se queria um café. Ele recusou e saímos os três juntos. Nós duas fomos tratar do enterro, outra odisséia, devido ao tamanho do caixão.

O sepultamento foi no dia seguinte, às quatro da tarde, no Cemitério da Ordem Terceira da Penitência, no jazigo perpétuo da família de Dona Isolda. Meu marido ia reunir-se ao pai, à mãe e à Tia Zora. Quando vi a sepultura aberta, senti medo de um dia ter de ir para lá. Mas não haveria outro jeito. Aquela cova fazia parte da herança. Pouquíssimas pessoas compareceram ao velório, além de Tia Rosinha e Nazareth. Entre os presentes, reconheci o Zé Domingues, o colega que havia comprado a Brasília de sociedade com ele, e mais ninguém. Como meu marido era solitário.

Às cinco e meia deixamos Tia Rosinha em São Cristóvão e Negra me levou para o apartamento dela. Logo que chegamos, ela me deu meio lexotan e encheu a banheira de água quente. Tomei um banho de quase duas horas. Negra tirou a roupa e ficou apenas de calcinha e sutiã, sentada no vaso, conversando comigo. Foi a primeira vez que ela me viu nua, mas não dei importância. Meu espírito estava começando a se afogar na noite anterior. Mais um pouco, eu teria de pedir socorro. Por enquanto, ele revisitava o quarto de meu marido e revia os dois frascos de soro, com e sem dopamina. Aí, pegava os frascos, um em cada mão de espírito, e balançava-os em minha direção. Então, me sussurrava de um modo fantasmagórico:

— Se ele tivesse morrido um minuto depois, você seria uma assassina.

Eu não conseguia me ligar na conversa com Negra. Notei que quanto mais fechava os olhos, mais eu via meu espírito. Que fiz? Abri os olhos, para não ver. Mais tarde, na cama, Negra me abraçou e eu caí num sono profundo. De repente, sonhei que meu marido chegava em casa, feliz, me mostrando um pequeno embrulho. Era um estojo forrado de marroquino negro. Sempre sorrindo para mim, ele levantou a tampa e me mostrou o conteúdo: um punhal de prata, com uma lâmina fina e recurvada. O cabo era todo em marfim. Na extremidade superior, havia uma escultura representando um rosto de mulher. Olhei com atenção. Era eu. Meu marido me jogou um beijo e disse baixinho:

— O sétimo.

Uma semana depois,

as coisas ficaram pretas para o meu lado. Dia após dia, o calo da culpa crescia em minha cabeça. Não era possível dormir com um barulho daqueles. Por mais que passasse em revista os acontecimentos que determinaram meu destino desde que vi o *Jornal do Brasil* com o convite para a missa de sétimo dia de Gaidinho, eu não conseguia apalpar a menor hipótese de salvação. Para mim, eu havia assassinado meu marido e estava acabado. Se alguém mata um morto, sem saber que já está morto, é um assassino igual a qualquer outro. Não fazia muito tempo, eu tinha visto um filme no qual uma menina de sete anos decide matar o pai, que ela odiava, com uma colherinha de bicarbonato de sódio. A mãe havia ensinado que aquele pó era um veneno mortal e ela acreditou. No filme, por uma coincidência absurda, o pai sofre um ataque cardíaco e morre, logo depois de beber um copo d'água com o bicarbonato. A vocação criminosa da menina se confirma dias depois, quando ela põe o remédio no leite da tia, também odiada. Só que dessa vez, nada acontece e o filme termina com o olhar de decepção da garota. A diferença entre minha aventura e o filme é que meu bicarbonato era veneno: um frasco de soro sem dopamina, isto é, um soro temperado com a morte. Minha consciência doía duplamente, porque em sua condenação vinha implícita a idéia intolerável de que meu marido morreu um minuto antes, para que eu não me tornasse sua própria assassina. Eu decifrava o fenômeno da morte natural como se fosse um código do desprendimento humano posto a serviço de quem ainda não morreu. Uma espécie de lança divina funcionando com a mesma antecedência da medicina preventiva. Durante o dia, eu me criticava com um raciocínio equivalente a "convenhamos, isto é pensar demais". Enquanto à noite, eu me torturava com o oposto: "Convenhamos, não passo de uma assassina. Eu sou aquele sétimo punhal que ele mostrou no sonho. Minha cara estava esculpida no marfim. O que é que eu faço? Conto tudo pra Negra e dou um tiro na cabeça ou tomo um copo de leite com bicarbonato, e fico esperando a consciência virar uma pluma?" Nem uma coisa nem outra. Até agora não achei uma oportunidade para confessar meu crime a Negra. Pode ser que até o fim da vida não encontre.

A partir daquele momento em que acendi a luz e vi meu marido morto, minha luz se apagou. Passei a viver numa corda bamba fixada em meus medos. Nunca mais consegui entrar em casa sozinha. Se eu entrar, tenho a impressão de que meu marido vai aparecer, gordo, já em decomposição, apontando para mim as escleróticas ressecadas, e segurando o tal punhal que ele, no sonho, chamou de sétimo. Literalmente, estou morando com Negra. Quando preciso ir em casa pegar alguma roupa, ela tem de me fazer companhia. Nem mesmo a presença de Nazareth, que continua a cozinhar para ela própria e para as almas, é capaz de me deixar segura. Há poucos dias, ofereci meu apartamento a Tia Rosinha. Ela já me ligou dizendo que aceita morar na Tijuca. Vai ser bem melhor para todos nós. Para todos, não. Para todas.

Por falar nisso, uma noite dessas Negra me perguntou se eu nunca havia me interessado por outro homem. Não dei resposta. Ela ficou cheia de rodeios e acabou confessando que estava muito preocupada comigo, que por mais que eu tentasse disfarçar, havia algum problema me atormentando. Procurei desconversar e, aí, ocorreu um diálogo que poderia ser utilizado como desfecho a essa coisa que começou com o assassinato de Gaidinho. Negra estava sentada no tapete, examinando os arcanos de um tarô que ela havia adquirido recentemente:

— Sabe que tarô é esse?

— Nem desconfio.

— É uma reprodução do tarô da família Visconti-Sforza, antigos duques de Milão. Não é maravilhoso?

Passei os olhos pelas cartas e percebi que realmente eram fora do comum. Negra pegou uma delas e ficou admirando os desenhos:

— Você continua descrente?

Sempre que Negra começava uma conversa daquela maneira nebulosa, eu sentia algum eixo imaginário partir-se dentro de mim. Acho que era o receio de ver meu universo desmoronar:

— Eu não gosto de misturar minha vida com o sobrenatural. Você entende?

Negra pegou outro arcano:

— E se eu dissesse que você já misturou?

Fiquei gelada:

— Se você tiver o atrevimento de dizer isso, eu deixo nossa amizade pra lá e mando tudo à merda.

Só aí, Negra me olhou de frente:

— Pois então, garota, pode mandar. Depois que ouvir minhas novidades, você não será mais a mesma pessoa. Posso começar?

Eu estava trêmula, mas resolvi encará-la:

— Pode, mas antes eu queria deixar claro que nada mais me assusta.

Enquanto arrumava as cartas, Negra iniciou o discurso:

— Você se lembra daqueles últimos dias, quando você se metia em casa tomando conta de seu marido e só ficava aqui até as três da tarde? Pois bem, naquela época eu dei uma de detetive e acabei descobrindo quem matou Gaidinho. Pra encurtar a história, quer saber o nome do assassino?

Fiquei olhando para ela sem mexer um músculo do rosto. O discurso prosseguiu:

— Preste atenção no nome da figura: Carlos Augusto de Albuquerque Garrido. Está localizando? O Carlos Augusto. Aquele primo do Gaidinho que tentava cantar todas as garotas.

O que me impressionou é que eu nunca havia falado com ela a respeito da missa de sétimo dia. Não que eu quisesse fazer segredo, mas por mera falta de ocasião. Mas ali, eu tive necessidade de dizer alguma coisa:

— Claro que me lembro do Carlos Augusto. Eu nunca lhe contei que estive na missa de Gaidinho?

Negra perdeu o equilíbrio e eu continuei:

— O Carlos Augusto estava lá, com uma filha do Gaidinho no colo. A menina era deficiente.

Negra arrematou o assunto:

— Tudo leva a crer que aquela menina é filha do Carlos Augusto.

Eu discordei:

— Mas ela é a cara do Gaidinho...

— E daí? Todo mundo ali tem a mesma cara. Será que você não reparou? Mas deixa pra lá. O que interessa é que o Carlos Augusto está vivendo com a viúva do Gaidinho. Isso você não sabia.

— Mentira!

— E para completar, o Carlos Augusto passou dois dias com um Monza cinzento alugado, na época do acidente.

— Como foi que você descobriu?

— Isso, garota, é confidencial.

Meus intestinos se contorceram:

— Negra, você tem parte com o demônio.

160

Ela riu, mas em duas oitavas:

— Depois disso, cheguei a algumas conclusões interessantes. Por exemplo, acho que seu marido não matou ninguém. Nós é que estávamos trabalhando para ele conquistar o Nirvana. Não era isso que ele queria?

— Mas Negra, e os outros cinco?

— Que outros cinco? Você está querendo dizer quatro.

— Pois bem, os quatro. Como é que foi?

Negra fantasiou uma atitude cinematográfica:

— Vamos por partes. O epônimo, como era mesmo? O José de Arimatéia. O Arimatéia arimatou-se. Aquele mezanino foi construído, sabe quando? Em 1932. O pessoal da igreja tinha por obrigação examinar aquela gaiola, antes de colocar lá em cima um órgão que pesava o triplo do outro. Que é que você acha? Madeira podre...

Ela fez um gesto parecido com o do médico no aeroporto. Eu fiquei sem saber o que estava sentindo:

— E o médico, o Dom Nuno Álvares?

A pose de Negra ao responder me colocou na pele de um personagem de romance policial na cena do desenlace:

— Foi assassinado pelo marido da amante. Ela morava naquele beco. Ele aproveitava as ausências noturnas do marido, para se encontrar com a criatura. Em casa, ele dizia que ia ver um doente.

— Como é que você descobriu?

— Na polícia. Um cara me contou que eles não fizeram as investigações, a pedido do próprio advogado da viúva. Essas coisas.

Fiquei em silêncio, piscando para Negra. Ela aproveitou a pausa:

— Quer saber do outro? Do que foi apunhalado?

— Também não foi ele?

Negra fez outro gesto igual ao do aeroporto.

— Quer dizer que ele não matou ninguém?

Depois de um suspiro estudado, ela pegou uma das cartas do tarô:

— Está vendo isso aqui?

Era o arcano XIII, a Morte. Balancei a cabeça e Negra olhou a carta:

— Isso significa muita coisa. Por exemplo, os caminhos da morte nem sempre são claros. Você já imaginou que as assassinas poderiam ser duas? Nós duas?

Não respondi.

— De qualquer maneira, garota. Eu acho que seu marido está no Nirvana. Ele não matou ninguém, mas eu e você, com nossa intransigência, transferimos as mortes para ele. Além disso ele tinha os punhais. Isso deve valer como um passaporte para o Nirvana.

Olhei para Negra:

— Para atingir o Nirvana, só com sete punhais.

— E você me disse que ele só tinha seis. Não faz mal. O sétimo fica por conta de nossa imaginação.

E o assunto morreu. Para Negra. Para mim, ainda permaneceu setenta e duas horas em carne viva. Depois, foi ficando igual à noite de domingo para segunda: muita expectativa para nada. Mas a idéia de que sou uma assassina permanece num cantinho da cabeça. Acho que nunca mais vai sair de lá. Às vezes, eu até acho bom: uma cabeça completamente limpa deve ter seus inconvenientes. Além disso, a sensação de liberdade começa a me acalentar. Não deixar ninguém na retaguarda de nossos atos é uma dádiva. Aos poucos, vou entrando nesse esquema.

No sábado, Tia Rosinha se acomodou na Tijuca e combinou uma dieta sem sal com Nazareth. Às três da tarde, Negra e eu subimos para Petrópolis. Era a primeira vez que íamos lá, depois da morte de meu marido. A cidade estava quente. Não tanto quanto o Rio, mas o sol dava para queimar. Negra garantiu que à noite esfriaria. Não esfriou. Às cinco horas, as cigarras deram um concerto próximo ao Palácio de Cristal. Negra pegou uma delas e tentou inutilmente colocá-la em minha mão. Depois, caminhamos até o obelisco, passamos em frente ao Museu Imperial e voltamos para casa. O céu havia escurecido. Mal pusemos o pé no jardim, alguns relâmpagos iluminaram a noite e anunciaram uma tempestade de verão. Negra preparou chá de pêssego e nós bebemos em silêncio. Em seguida, eu fui tomar banho. No banheiro, me olhei no espelho e tive a grata surpresa de ver que a monstra estava perdendo suas características. Meu olhar ressuscitara e minhas rugas já não eram tantas. Eu me via bonita. Depois, Negra tomou banho e foi para o quarto enrolada na toalha. Eu vesti uma de suas camisolas, como sempre fazia em Petrópolis, sentei em frente à tenda árabe e fiquei apreciando seus movimentos. Negra se livrou da toalha e, sem dar importância à minha presença, ficou nua e bela como nunca. Em seguida, sentou-se numa das metades da cama e se recostou nas almofadas. Só nesse momento ela pareceu me ver. Primeiro, ficou me observando durante muito tempo. Depois, piscou os olhos e bateu com a palma da mão na outra metade da cama, num gesto convidativo. Fiquei imóvel. Nesse instante, um raio clareou o quarto, acompanhado de um trovão cataclísmico. A luz se apagou. Num segundo relâmpago, distingui as pupilas de Negra emitindo um facho esverdeado em minha direção. Levantei-me e fui para a metade da cama que ela me havia oferecido. Mas antes de me deitar ao seu lado, guardei a data na memória: pela sublevação do ritmo respiratório e por um arrepio na epiderme, eu adivinhei que alguma coisa estava para começar.

Este livro foi impresso nas oficinas da
DISTRIBUIDORA RECORD DE SERVIÇOS DE IMPRENSA, S.A.
Rua Argentina, 171 – São Cristóvão, RJ
para a
EDITORA JOSÉ OLYMPIO LTDA.
em agosto de 2002
*

70º aniversário desta Casa de livros, fundada em 29.11.1931

Seja um Leitor Preferencial José Olympio
e receba informações sobre nossos lançamentos.
Escreva para
Editora José Olympio
Rua Argentina, 171 – 1º andar
Rio de Janeiro, RJ – 20921-380
dando seu nome e endereço
e tenha acesso a nossas ofertas especiais.

Válido somente no Brasil.

Ou visite a nossa *home page*:
http://www.joseolympio.com.br